U0075965

國際學術研討會

與

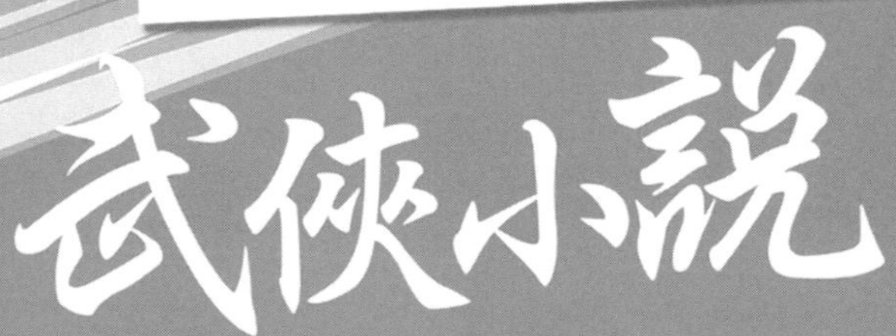

古龍武俠小說 領先時代半世紀

【記者賴素鈴／報導】江湖代有才人出，這廂古龍凋零二十載，那廂今朝懸賞百萬獎新秀，浪淘不盡，唯有武俠熱愛，不隨時間變易，在學術研討會上更見分明。以「一代鬼才：古龍與武俠小說」為主題，淡江大學第九屆文學與美學國際學術研討會昨起在國家圖書館，展開為期兩天的議程，紀念武俠小說家古龍逝世二十周年，新生代學者與古龍故舊齊聚一堂，以文論劍話武俠。

日前與淡大中文系教授林保淳共同發表《台灣武俠小說發展史》，武俠小說評論家葉洪生昨天在專題演講中，直批胡適1959年底發表「武俠小說下流論」是「胡說」，學界泰斗的不當發言以及隨即展開的「暴雨專案」，反而促成1960年起台灣武俠新秀的繁興，「武俠小說迷人的地方，恰恰在門道之上。」，葉洪生認定，武俠小說審美四原則在文筆、意構、雜學、原創性，他強調：「武俠小說，是一種『上流美』。」

集多年心血完成《台灣武俠小說發展史》，葉洪生認為他已為從十歲起迷上武俠小說的半世紀畫上完美句點，並且宣布他「以後決心退出武俠論壇，封劍退隱江湖」。

雖然葉洪生回顧武俠小說名家此起彼落，套太史公名言「固一世之雄也，而今安在哉？」，認為這是值得深思的嚴肅課題，昨天意外現身研討會而備受矚目的溫世禮，則為了紀念同是武俠迷的哥哥溫世仁，推出第一屆「溫世仁武俠小說百萬大賞」，即日起至今年10月3日截止收件，經兩階段評選後於明年12月7日公布首獎得主，預料將會是一場武林新秀的龍虎爭霸戰。

看明日誰領風騷？風雲時代出版社發行人陳曉林眼中的古龍，其實領先他的時代半世紀，以致如今雖然古龍逝世20年，陳曉林認為大家對古龍的了解仍然有限，預言未來世代更能和古龍的後設風格共鳴。

昨天這場研討會，也凸顯武俠小說作為一項文學研究門類，仍有待開發學習空間。多位與會者都指出，武俠小說的發表、出版方式和管道具考證難度，學術理論與論文格式的建立待加強。而武俠名家的版權之爭、市場競爭力，也增加出版推廣困難，古龍武俠小說的版權糾紛、司馬翎作品的版權官司也成為研討會的場外話題。

第九屆文學與美

古龍兄為人慷慨豪邁、跌蕩自如，變化多端，文如其人，且復多奇氣。惜英年早逝，余與古兄當年交好，且喜讀其書，今既不見其人，又無新作可讀，深自嘆惜。

金庸

一九九六、十、十一 香港

金庸

火併蕭十一郎

（下）

古龍精品集49

火併蕭十一郎(下)

十七　紅櫻綠柳

蕭十一郎大笑道：「我本來是個孤兒，想不到竟突然有了這麼多兄弟，倒真是可賀可喜。」

少年道：「一個人成了大名之後，總難免會遇見些這種煩惱的。」

蕭十一郎道：「所以你已不想成名？」

少年笑了笑，道：「成名雖然煩惱，但至少總比默默無聞的過一輩子好。」

他微笑著再次躬身一禮，轉過身，大步走了出去。

風四娘看著他走出去，輕輕嘆息著，道：「看來這小子將來也一定是個有名的人。」

蕭十一郎目中卻似又露出種說不出的寂寞之色，淡淡道：「一定是的，只要他能活得那麼長。」

風四娘忽又笑了笑，道：「卻不知江湖中現在有沒有風五娘？」

蕭十一郎也笑了：「看來遲早會有的，就算沒有風五娘，也一定會有風大娘，風三娘，風七娘。」

風四娘吃吃的笑道：「我只希望這些風不要把別人都吹瘋了。」

近來這是她第一次真的在笑，她心情的確好了些。

因爲她已看出蕭十一郎的心情似也好了些。

有些人愈是在危急險惡的情況中，反而愈能鎮定冷靜。

蕭十一郎無疑就是這種人。

可是，想到了明日之會的兇險，風四娘又不禁開始爲他擔心。

就在這時，小白又進來躬身稟報：「外面又有人求見。」

蕭十一郎道：「叫他進來！」

小白遲疑著，道：「他們不肯進來。」

蕭十一郎道：「爲什麼？」

小白道：「他們要莊主你親自出去迎接。」

這兩人的架子倒不小。

蕭十一郎看了風四娘一眼。

風四娘道：「看來貼在十二郎背脊上的那兩把劍，果然也已來了。」

蕭十一郎道：「卻不知那是兩柄什麼樣的劍？」

這句話他本也不必問的，因爲他自己也早就知道答案。

那當然是兩柄殺人的利劍，否則又怎麼會有殺氣！

沒有劍，只有人。

殺氣就是從這兩個人身上發出來的，這兩個人就像是兩柄劍。

——身懷絕技的武林高手，視人命如草芥，他們本身就會帶著種凌厲逼人的殺氣。

他們都很瘦，很高，身上穿著的長袍，都是華麗而鮮艷的。

長袍的顏色一紅一綠，紅的紅如櫻桃，綠的綠如芭蕉。

他們的神情看來都很疲倦，鬢髮都已白了，腰桿卻還是挺得筆直，眼睛裡發出的光采鋒芒更遠比劍鋒更逼人。

看見這兩個人，風四娘立刻就想溜，卻已來不及了。

她認得這兩人，她曾經將沈璧君從這兩個人身邊騙走，騙入了一間會走路的房子。

這兩個人當然也不會忘記她，卻只看了她一眼，目光就盯在蕭十一郎臉上。

蕭十一郎微笑道：「一別兩年，想不到兩位的風采依然如故。」

紅袍老人道：「嗯。」

綠袍老人道：「哼！」

兩個人的臉上都完全沒有表情，聲音也冷得像是結成冰。

看見了他們，蕭十一郎不禁又想起了那神秘而可怕的玩偶山莊。

在那裡發生的事，也都是神秘而可怕的，他永遠也不會忘記。

他當然也忘不了在那棋亭中，和這綠袍老人的一戰，不動的一戰。

——錫鑄的酒壺，壺上的壓力，他們雖然都沒有動，卻幾乎都已耗去了自己所有的精力。

直到現在，蕭十一郎還不能忘記那一戰的凶險。

他忍不住問：「兩位近來可曾下棋？」

紅袍老人道：「沒有。」

綠袍老人冷冷道：「因為這兩年來，我們都在忙著找你。」

蕭十一郎苦笑道：「我知道。」

他知道這兩年來，沈璧君一直是跟他們在一起。

紅袍老人道：「你既然知道，為什麼不來與我們相見？」

綠袍老人冷笑道：「是不是因為你自覺已是個了不起的大人物，不屑與我們相見？」

蕭十一郎道：「兩位本該知道，我絕沒有這意思的。」

紅袍老人冷冷道：「我只知道你近來的確已是個了不起的大人物。」

綠袍老人道：「據說你不僅已是天下第一高手，而且也已富甲天下。」

紅袍老人道：「但我們都還是想不到，你居然將無垢山莊也買了下來。」

綠袍老人道：「這一家人就是毀在你手裡的，你卻買下了他們的莊院。」

紅袍老人道：「沈璧君為了你顛沛流離，受盡了折磨，你卻另有了新歡。」

綠袍老人道：「你想必也該知道，我們剛才已見到了她。」

紅袍老人道：「她對你也佩服得很，佩服得永遠也不想再見你。」

綠袍老人道：「像你這種了不起的人物，我們也是萬萬高攀不上的。」

紅袍老人道：「今日我們前來，就是為了告訴你，你我從此恩斷義絕。」

綠袍老人道：「從今日起，我們再也不認得你。」

他們愈說愈氣，話也愈說愈快，根本不給別人插口的餘地。

蕭十一郎只有聽著。

他不想分辯解釋，也根本就無法分辯解釋。

紅袍老人道：「除此之外，我們此來還有一件別的事。」

綠袍老人道：「我們要帶一個人走。」

兩個人的目光，突然同時盯在風四娘臉上。

風四娘竟忍不住打了個寒噤，勉強笑道：「兩位要帶我走？」

紅袍老人道：「嗯。」

綠袍老人道：「哼！」

蕭十一郎忍不住問道：「兩位為什麼要帶她走？」

紅袍老人道：「我兩人這一生中，從未受過別人的騙。」

綠袍老人道：「這女人卻騙了我們。」

紅袍老人冷冷道：「這件事你想必也已聽過。」

綠袍老人道：「但有件事你卻未必聽過。」

蕭十一郎又忍不住問：「什麼事？」

紅袍老人道：「你知道我們是誰？」

綠袍老人道：「你想必早已猜出，現在我們卻要你說出來。」

蕭十一郎嘆了口氣，道：「紅櫻綠柳，天外殺手，雙劍合璧，天下無敵。」

紅袍老人道：「不錯，我就是李紅櫻。」

綠袍老人道：「我就是楊綠柳。」

紅袍老人道：「無論誰只要騙過紅櫻綠柳一次，都得死。」

綠袍老人道：「這件事你本來也應該聽說過的。」

蕭十一郎道：「我沒有。」

李紅櫻道：「現在你已聽過了。」

楊綠柳道：「現在你總該已知道，這女人已非死不可。」

蕭十一郎道：「我不知道。」

李紅櫻怒道：「你還不知道？」

蕭十一郎淡淡道：「看她的樣子，最近好像絕不會死的。」

李紅櫻道：「所以你不信她會死？」

蕭十一郎道：「我不信。」

楊綠柳道：「你要怎麼樣才會相信。」

蕭十一郎道：「隨便怎麼樣我都不會相信，只要我活著，我就不信。」

楊綠柳道：「你若死了呢？」

蕭十一郎嘆了口氣，道：「我若死了，什麼事我都相信了，只可惜最近我好像也不會死的。」

李紅櫻的臉沉了下去，突然冷笑，道：「很好，好極了。」

楊綠柳道：「我們雖已有多年未曾殺人，殺人的手段，卻還未忘記。」

蕭十一郎嘆道：「這種事就算想忘記，只怕也很不容易。」

李紅櫻道：「我剛才已說過，你我之間，已恩斷義絕。」

楊綠柳道：「我們這一生中，殺人已無算，並不在乎多殺一個人。」

蕭十一郎道：「我知道。」

李紅櫻道：「你還知道什麼？」

蕭十一郎道：「天外殺手，殺人如狗，雙劍合璧，絕無活口。」

李紅櫻道：「你既然知道，爲何還不走？」

蕭十一郎苦笑道：「我這一生中，已不知被人殺過多少次，再多殺一次，我也不在乎。」

李紅櫻冷笑道：「很好。」

楊綠柳道：「好極了。」

一陣風吹過，天地間的殺氣已更重。

風四娘一直在癡癡的看著蕭十一郎，眼睛裡充滿了感激。

她從未想到蕭十一郎也會爲她拚命，也會爲她死的。

蕭十一郎已在問：「兩位的劍呢？」

李紅櫻道：「綠柳紅櫻，劍中之精。」

楊綠柳道：「劍中之精，其利穿心。」

兩人突然同時翻身，手裡已各自多了柄精光四射的利劍。

劍長只有七寸，但一劍在手，劍氣已直逼眉睫而來。

這兩柄劍，果然是劍中的精魂。

劍中精魂，其利在神。

這兩柄劍的可怕之處，並不在劍鋒上。

劍鋒雖短，但那種凌厲的劍氣，卻已將數十丈方圓內所有的生物全都籠罩。

蕭十一郎竟也似覺得心頭有種逼人的寒意，那凌厲的劍氣，竟似已穿入了他的胸膛，穿入了他的心。

李紅櫻用兩根手指，捏住了兩寸長的劍柄，冷冷道：「拿你的刀。」

蕭十一郎道：「我不用刀。」

李紅櫻厲聲道：「爲什麼？」

蕭十一郎道：「我不想殺人。」

他不想殺人，他也不笨。

一寸短，一寸險——這兩柄劍長只七寸，已可算是世上最短的劍。最短的劍，想必也一定是最兇險的劍。

蕭十一郎的刀也很短。

他知道自己絕不能以短制短，以險制險。他的刀絕沒有把握能制住這兩柄劍。

這兩柄劍已殺人無算，劍的本身，就已帶著種兇殺之氣。

何況這兩柄劍又是在這麼樣兩個人手裡。

李紅櫻凝視著他，冷冷道：「你不用刀用什麼？」

蕭十一郎笑了笑，道：「隨便用什麼都行，兩位想必也不至於規定我一定要用刀的。」

他的身子突然凌空躍起，翻身而上，摘下了門簾上的一段橫木。

一段長達一丈二尺的橫木。

他早已看準了這根木頭——以長制短，以強制險。

李紅櫻眼睛裡忽然發出了光，冷冷道：「我現在才知道，你爲什麼直到現在還能活著。」

楊綠柳冷笑道：「這人果然不笨。」

李紅櫻道：「不笨的人，我們也一樣殺過無數的。」

蕭十一郎不等楊綠柳開口，已搶著道：「所以你們再多殺一個，也絕不在乎的。」

風四娘突然大聲道：「我在乎。」

她衝過去，擋在蕭十一郎面前：「我只要知道你對我有這種心意，就已足夠了，我願意跟他們走。」

蕭十一郎道：「只可惜我卻不願意。」

他手裡的木棍突然一挑，竟將風四娘的人挑了起來。

風四娘只覺得身子一麻，突然飛起，忽然間已平平穩穩的坐到門簷上，卻連動都不能動了。

蕭十一郎道：「那上面一定涼快得很，你不妨舒舒服服的坐在上面，等我死了，再下來替我收屍。」

風四娘咬著牙，她已連話都說不出。

蕭十一郎再也不睬她，轉身對著紅櫻綠柳，道：「伯仲雙俠歐陽兄弟，名聲雖不高，家世卻顯赫，兩位想必是聽過的。」

李紅櫻冷冷道：「是歐陽世家的子弟？」

蕭十一郎點了點頭，道：「他們也正如兩位一樣，與人交手時，不論對方有多少人，都是兩人並肩迎敵。」

楊綠柳怒道：「難道你想以那兩個不肖子與我們相比？」

蕭十一郎居然沒有否認，淡淡的道：「我與他們交手時，只用了三招，而且有聲明在先，三招不能取勝，就算我敗了。」

李紅櫻冷笑道：「你與我們交手，準備用幾招？」

蕭十一郎道：「三招！」

三招！

紅櫻綠柳劍昔年縱橫天下，號稱無敵，那時蕭十一郎只怕還未出世。

現在他與這兩人交手，居然也準備只用三招。

風四娘的身子若還能動，一定早已跳了起來。

縱然逍遙侯復生，也絕不敢說能在三招中擊敗他們的。

就連三百招都很難。

能不敗已不容易。

風四娘看著蕭十一郎，她實在想看看這人是不是真的瘋了。

紅櫻綠柳也在看著蕭十一郎，兩個人非但沒有發怒，反而突然冷靜了下來。

李紅櫻冷冷道：「我們的劍長只七寸，你的棍卻有一丈二三。」

楊綠柳道：「你以長擊短，以強制險，以為我們根本就很難近你的身？」

李紅櫻道：「你自以為縱然不勝，至少已先立於不敗之地。」

楊綠柳道：「所以你故意激怒我們？」

李紅櫻道：「你既然只用三招，以我兩人的身分，當然也不能多用一招。」

楊綠柳道：「你認為我們絕對無法在三招內擊敗你？」

李紅櫻道：「可是你錯了。」

蕭十一郎靜靜的聽著，等著他們說下去。

楊綠柳忽又問道：「你知不知道劍術練到最高峰時，就能以氣馭劍，取人首級於百步之外。」

以氣馭劍！

聽見這四個字，蕭十一郎的臉色也不禁變了。

這種劍術在武林中傳說已久，但無論誰都認為那只不過是傳說而已。

一種神話般的傳說，因為古往今來，根本就沒有人能練成這種劍術。

難道紅櫻綠柳的劍術，真的已能達到這種至高無上的境界？

李紅櫻道：「江湖中人，一向都認為『以氣馭劍』，只不過是神話而已，其實這種劍術，並不是絕對練不成的。」

楊綠柳道：「只不過一個人若要練成這種劍術，至少要有一百五十年的苦功。」

李紅櫻道：「無論誰也不能活到那麼久的。」

楊綠柳道：「我們也不能。」

李紅櫻道：「就算真的有人能活到一百五十歲，也不可能將一百五十年光陰，全部一心一意的用來練劍。」

楊綠柳道：「所以我們也並沒有練成這種劍術。」

聽了這句話，蕭十一郎總算鬆了口氣。

李紅櫻道：「我們七歲練劍，至今已有七十四年。」

他們竟都是八十以上的老人。

楊綠柳道：「這七十四年來，我們真正在練劍的時候，最多只不過有二十多年而已。」

李紅櫻道：「所以我們直到現在，也只能練到以氣馭線，以線馭劍的境地。」

蕭十一郎動容道：「以氣馭線，以線馭劍？」

楊綠柳道：「你不懂？」

蕭十一郎的確不懂。

李紅櫻道：「好，我不妨讓你先看看。」

他手裡的短劍突然飛出，如閃電一擊，卻遠比閃電更靈活。

劍光在暮色中神龍般的夭矯飛舞，就像是神蹟一般。

蕭十一郎卻已看出他手裡飛起了一根光華閃閃烏絲，帶動著這柄短劍，居然操縱如意。

劍光一轉，忽然間又飛回他手裡。

李紅櫻道：「這就叫以氣馭線，以線馭劍，現在你明白了麼？」

蕭十一郎不由自主嘆了口氣，這樣的劍法，他已是聞所未聞，見所未見。

李紅櫻道：「現在我們只能以丈二飛線，帶動七寸短劍。」

楊綠柳道：「等到我們能以十丈飛線，帶動三尺劍鋒時，這第一步功夫才算完成，才能開始練以氣馭劍。」

李紅櫻嘆息了一聲，道：「只不過那至少已是十年後的事了。」

楊綠柳道：「現在我們的第一步飛劍術雖然還未練成，對付你卻已足足有餘。」

李紅櫻道：「你若想以長擊短，以強擊弱，你就算輸了。」

楊綠柳道：「現在我們的劍不但已比你長，也比你強，你也該看得出的。」

蕭十一郎當然看得出的。所以他無法否認，這兩人的劍術之高，實已遠出他意料之外。

風四娘看見剛才那一劍飛出，冷汗已濕透了衣裳。

她絕不能就這樣坐著，看著蕭十一郎爲她死在他們的飛劍下。

怎奈她卻偏偏只有這麼樣坐著，看著，她不但已流出了汗，也已流出了淚。

蕭十一郎彷彿也在嘆息，卻又忽然問道：「現在你們準備用幾招勝我？」

李紅櫻道：「三招！」

十八　大江東流

當然是三招！他們當然絕不會比蕭十一郎多用一招的，這點無論誰都可以想得到。

甚至連蕭十一郎自己都無法想像，滿天夕陽忽然消失，黑暗的夜色，忽然已籠罩大地，星光還沒有升起，月亮也沒有昇起，在夜色中看來，紅櫻綠柳就像是兩個來自地獄，來拘人魂魄的幽靈。

他們的臉色冷漠如幽靈，他們的目光也詭異如幽靈，但他們手裡的劍，卻亮如月華，亮如厲電。

蕭十一郎橫持著一丈二尺長的木棍，左右雙手，距離六尺，紅櫻綠柳兩人之間的距離也有五六尺。

兩人同時輕叱一聲：「走。」

叱聲中，兩人手裡的短劍，已同時飛出，如神龍交剪，閃電交擊，劍光一閃，飛擊蕭十一郎左右雙耳後顎骨下的致命要穴。

這一擊的速度，當然也絕不是任何人所能想像得到的。

蕭十一郎沒有退，沒有閃避，身子反而突然向前衝了出去，長棍橫掃對方兩人的肋骨。

這是第一招，雙方都已使出了第一招。

蕭十一郎這一招以攻為守，連消帶打，本已是死中求活的殺手。

只聽「叮」的一聲，雙劍凌空拍擊，突然在空中一轉，就像是附骨之蛆般，跟著蕭十一郎飛回，飛到他的背後，敵人在自己面前，劍卻從背後刺來。

這一著的兇險詭異，已是蕭十一郎生平未遇。

現在他等於已是背腹受敵，自己的一招沒能得手，也必將被利劍穿心而死。

就在這間不容髮的一剎那間，他的人已凌空飛起，倒翻了出去。

這一翻一掠，竟遠達四丈，他的人落下時，已到了牆腳下，又是退無可退的死地。

就在他腳步沾地的一瞬間，眼前光華閃動，雙劍已追擊而來。

蕭十一郎手裡的木棍舉起，向劍光迎了過去，他看得極準，也算得極準。

只聽「奪」的一聲，兩柄劍都已釘入了木棍，就釘在他的手邊。

這已是紅櫻綠柳使出的第三招。

現在劍已釘在木棍上，蕭十一郎卻還活著，還沒有敗。

風四娘總算鬆了口氣。

誰知雙劍入木，竟穿木而過，而且餘勢不竭，「哧」的，又刺向蕭十一郎左右雙耳後顎骨後最大的那致命要穴。

這還是同樣一招，還是第三招。

誰也想不到他們的飛劍一擊，竟有如此可怕的力量，竟似已無堅不摧，不可抵禦。

蕭十一郎卻已退無可退，手裡的木棍既無法收回，也無法出擊，而且木棍就在他面前，後面就是牆，他前後兩面的退路已都被堵死，看來他必死無疑。

風四娘幾乎已忍不住要閉上眼睛，她不能再看下去，也不忍再看下去。

誰知就在這一瞬間，又起了驚人的變化。

蕭十一郎竟然低頭一撞，撞上自己手裡的木棍，又是「叮」的一擊，雙劍在他腦後擦過，凌空交擊。他手裡的木棍已被他的頭頂撞成了兩截，飛彈出去，分別向紅櫻綠柳彈了過去。

紅櫻綠柳的劍，已分別穿入了這兩截橫木，帶動飛劍的烏絲，也已穿過了橫木。

蕭十一郎這頭頂一撞之力太大，木棍就像是條綳緊的弓弦，突然割斷，反彈而出，這一彈之力，當然也很快，很急。

紅櫻綠柳眼見已一擊命中，忽然發見兩截木棍已向他們彈了過來。

兩人來不及考慮，同時翻身，雖然避開了這一擊，劍上的烏絲卻已脫手。

低沉的夜色中，只見兩條人影就像是兩朵飛雲般的飄起，飄過了圍牆。

只聽李紅櫻冷冷的聲音遠遠傳來：「好，好個蕭十一郎。」

聲音消失時，他們的人影也已消失。

夜色深沉，東方已有一粒閃亮的孤星昇起。

夜卻已更深了……

兩柄光華奪目的短劍，交叉成十字，擺在桌上，擺在燈下。

劍光比燈光更耀眼。

冷淒淒的劍光，映著一張訃聞般的請柬：

「……特備美酒一百八十罈，盼君前來痛醉……」

「……美酒醉人，君來必醉，君若懼醉，不來也罷。」

蕭十一郎一杯在手，凝視著杯中的酒，喃喃道：「他們應該知道我不怕醉的，每個人都知道。」

風四娘正看著他，道：「所以你現在已有點醉了？」

蕭十一郎舉杯一飲而盡，道：「我不會醉的，我有自知之明，我知道我能喝多少酒。」

他又斟酒一杯，道：「每個人都應該有自知之明，都不該自作多情。」

——自作多情？他真的認爲他對沈璧君只不過是自作多情？

風四娘忽然笑了笑，道：「我看李紅櫻、楊綠柳就很有自知之明，他們知道自己敗了，所以他們立刻就走。」她顯然想改變話題，說些能令蕭十一郎愉快的事。「他們已使出三招，你卻只用了兩招，他們的劍已脫手，已到了你手裡。」

蕭十一郎也笑了笑，道：「可是我的頭幾乎被撞出了個大洞，他們的頭卻還是好好的。」

風四娘道：「不管怎麼樣，他們總算已敗在你手下。」

蕭十一郎道：「我有自知之名，我本不是他們對手的，就正如我本不是逍遙侯的對手。」

風四娘道：「但你卻擊敗了他們。」

蕭十一郎道：「那只不過因爲我的運氣比較好。」他又舉杯飲盡，凝視著桌上的請柬：「只可惜一個人的運氣絕不可能永遠都好的。」

請柬在森森的劍光下看來，更像是訃聞。

蕭十一郎看著這張請柬，就像是在看著自己的訃聞一樣。有些人明知必死時，是會先準備好後事，發好訃聞的。

風四娘道：「你在爲明天的約會擔心？」

蕭十一郎淡淡道：「我從來也沒有爲明天的事擔心過。」他忽然大笑再次舉杯道：「今朝有酒今朝醉，又何必管明天的事！」

風四娘道：「你本來就不必擔心的，這七個人根本不值得你擔心。」

蕭十一郎看著請柬上的七個名字，忽又問道：「你認得他們？」

風四娘點點頭，道：「厲青鋒已死，看來雖然還很有威風，可是心卻已死了。無論誰過了二三十年悠閒日子後，都絕不會再有昔日的鋒芒銳氣。」

風四娘道：「他甚至已連人上人那樣的殘廢都對付不了，他的刀雖然還沒有鏽，可是他心裡卻已生了鏽。」

蕭十一郎道：「你看過他出手？」

風四娘道：「我看過，我也看得出，他的出手至少已比昔年慢了五成。」

蕭十一郎道：「你看得出？你知道他昔年的出手有多快？」

風四娘道：「我不知道，我只知道他昔年的出手，若是也和現在一樣，他根本就活不到現在。」她接著又道：「人上人能活到現在，卻是個奇蹟。」

蕭十一郎嘆了口氣，道：「他的確是個強人。」

一個人的四肢若已被砍斷其三，卻還有勇氣活下去，這個人當然是個強人。

風四娘道：「只可惜他心裡已有了毛病，他心裡絕不如他外表看來那麼強，他也許怕得要命。」

蕭十一郎道：「你能看到他的心？」

風四娘道：「我卻知道無論誰將自己稱為人上人，都絕不會很正常的。」

蕭十一郎嘆道：「我只替那個被他像馬一樣鞭策的大漢感覺有些難受，我想那個人的日子一定很不好過。」

風四娘也嘆了口氣，道：「我就從來沒有替那個人想過，但我卻替你想過，你為別人想的時候，總比為自己想的時候多。」

蕭十一郎冷冷道：「我這人根本就已沒什麼好想的。」

風四娘道：「因為你只不過是匹狼？」她又笑了笑，道：「那你就更不必擔心花如玉了，他只不過是條狐狸，狐狸遇著了狼，就好像老鼠見了貓一樣。」

蕭十一郎道：「軒轅兄弟也是狐狸？」

風四娘道：「是兩條又奸又刁的狐狸，只要一嗅到危險，他們一定溜得比誰都快。」

蕭十一郎道：「金菩薩呢？」

風四娘道：「他不是狐狸，卻是條豬，好吃懶做，好色貪財的豬。」

蕭十一郎笑了。

風四娘道：「也許你根本不必對付他，他也會被那三條狐狸吃了的。」

蕭十一郎道：「所以最危險的還是鯊王。」

風四娘沒有否認：「據說他是條吃人的老虎鯊，吃了人後連骨頭都不吐。」

蕭十一郎道：「我並不擔心他。」

風四娘道：「爲什麼？」

蕭十一郎淡淡的道：「因爲我根本就不是人，你隨便去問誰，他們都一定會說，蕭十一郎根本就不是人。」

看著他臉上的表情，風四娘心裡又不禁覺得一陣刺痛。

一個人若是終生都在被人誤解，那痛苦一定很難忍受。

蕭十一郎又道：「其實我擔心的並不是這七個人。」

風四娘道：「你在擔心什麼？」

蕭十一郎凝視著那張請柬，緩緩道：「我擔心的是，沒有在這請帖上具名的人。」

風四娘道：「你認爲明天要對付你的，還不止這七個人？還有更可怕的人在暗中埋伏著？」

蕭十一郎笑了笑，道：「我是匹狼，所以我總能嗅得出一些別人嗅不出的危險來。」

他笑得很奇怪，連風四娘都從來也沒有看見他這麼樣笑過。

看來那竟像是個人臨死前，迴光返照時那種笑一樣。

蕭十一郎還在笑：「一匹狼在落入陷阱之前，總會感覺得一些凶兆的，可是牠還是要往前走，就算明知一掉下去就要死，還是要往前走，因爲牠根本已沒法子回頭，牠後面已沒有路。」

風四娘的心沉了下去。她忽然明白了蕭十一郎的意思。

一個人若已喪失了興趣，喪失了鬥志，若是連自己都已不願再活下去，無論誰都可以要他死的。

蕭十一郎現在顯然就是這樣子，他自己覺得自己根本已沒有再活下去的理由，他受的打擊已太重。

剛才那一戰，他能擊敗紅櫻綠柳，只不過因爲那一戰並不是爲了他自己，而是爲了要救風四娘。

他覺得自己欠了風四娘的債，他就算要死，也得先還了這筆債再死。

現在他也許覺得債已還清了，他等於已爲風四娘死過一次。

至於沈璧君的債，在沈璧君跟著連城璧走的那一瞬間，他也已還清了。

他覺得現在是沈璧君欠他，他已不再欠沈璧君。

他的人雖然還活著，心卻已死——也正是在沈璧君跟著連城璧走的那一瞬間死了的。

風四娘忽然發現明天他一去之後，就永遠再也不會見著他了。

因爲他現在就已抱著必死之心，他根本就不想活著回來。

風四娘自己的心情又如何？

一個女人看著自己這一生中，唯一真心喜愛的男人，爲了別的女人如此悲傷，她又會有什麼樣的心情？

她想哭，卻連淚都不能流，因爲她還怕蕭十一郎看見會更頹喪悲痛。

她只有爲自己滿滿的斟了杯酒。

蕭十一郎卻忽然握住了她的手，凝視著她：「你知道我心裡在想什麼？」

風四娘默默的點了點頭。

蕭十一郎的手握得很緊，眼睛裡滿佈著紅絲：「我本不該這麼樣想的，我自己也知道，她本就是別人的妻子，她根本就不值得我爲她……」

「爲她死。」他並沒有說出這個「死」字來，但風四娘卻已知道他要說的是什麼。

蕭十一郎的手握得更緊：「我知道我本該忘了她，好好的活下去，我還並不太老，還有前途，我至少還有你。」

風四娘用力咬著牙，控制著自己，她看得出蕭十一郎已醉了，他的眼睛已發直，若不是醉了，他絕不會在她面前說出這種話來的。

蕭十一郎還在繼續說：「什麼事我都知道，什麼道理我都懂，可是我偏偏沒法子……偏偏沒法子做我應該做的事。」

風四娘柔聲道：「那麼你就不該責備自己，更不該勉強自己。」

蕭十一郎道：「可是我……」

風四娘打斷了他的話：「你既然什麼事都知道，就也該知道世上什麼事都可以勉強，只有感情是誰也勉強不了的。」

蕭十一郎卻垂下頭，道：「我……我只盼望你……你原諒我。」

風四娘道：「我當然原諒你，我根本就沒有怪過你。」

蕭十一郎沒有再說話，也沒有抬起頭。

風四娘忽然發覺自己的手背上，已多了一滴晶瑩的淚珠。

這是蕭十一郎的眼淚，蕭十一郎居然也有流淚的時候。

這滴眼淚就像是一根針，直刺入風四娘心裡，又像是一粒珍珠，比世上所有的財富加起來都寶貴的珍珠。

風四娘只想用一隻白玉黃金樽，將它放藏起來，永遠藏在自己心裡，但淚珠卻已慢慢的滲開，慢慢的消失了，只是它也已滲入了風四娘的皮膚，與她的生命和靈魂結成了一體。

也不知過了多久，蕭十一郎又在喃喃的說道：「你自己常常說，你並不是個真正的女人……」

風四娘的確這麼樣說過，她總覺得自己並不是個完全女性化的女人。

蕭十一郎道：「可是你錯了。」

風四娘道：「我錯了？」

蕭十一郎道：「你不但是個真正的女人，而且還是個偉大的女人，你已將女性所有最高貴、最偉大的靈性，全都發揮了出來，我敢保證，世上絕沒有比你更偉大的女人，絕沒有……」

他聲音愈說愈低，頭也漸漸垂下，落在風四娘手背上。

他竟枕在風四娘的手上睡著了。

風四娘沒有動。

蕭十一郎的頭彷彿愈來愈重，已將她的手壓得發了麻，可是她沒有動。

每個人都知道風四娘是個風一樣的女人，烈火一樣的女人。

但卻沒有人知道，任何女人所不能忍受的，她卻已全都默默的忍受了下來。

她知道蕭十一郎說的是真心話，他說在嘴裡，她聽在心裡，心裡卻不知是甜？是酸？是苦？

她知道蕭十一郎了解她，就正如她了解蕭十一郎一樣。

可是他對她的情感，卻和她對他的情感完全不同。

這就是人類最大的痛苦——一種無可奈何的痛苦。

她忍受這種痛苦，已忍受了十年，只要她活著，就得繼續忍受下去。

活一天，就得忍受一天，活一年，就得忍受一年，直到死爲止。

——春蠶到死絲方盡，蠟炬成灰淚始乾。

這是兩句名詩，幾乎每個人都念過，但卻又有幾個人能真正了解其中的辛酸？

她不知道自己還要忍受多久，也不知道自己還能活多久。

她只知道現在絕不能死，她一定要活下去，因爲她一定要想法子幫助蕭十一郎活下去。

她活著，是爲了蕭十一郎。

她若要死，也得為蕭十一郎死。

蠟炬未成灰，淚也未乾。

風四娘的手臂幾乎已完全麻木，可是她沒有動。

她滿心酸楚，滿身酸楚，既悲傷，又疲倦。

她想痛醉一場，又想睡一下，可是她既不能睡，也不敢醉。

她一定要在這裡守著蕭十一郎，守到黑夜逝去，曙色降臨，守到他走為止。

忽然間，蠟炬終已燃盡，火光熄滅，四下變得一片黑暗。

她已看不見蕭十一郎，什麼都已看不見。

在這死一般的寂靜和黑暗中，在這既悲傷又疲倦的情況下，她反而忽然變得清醒了起來。

物極必反，世上本就有很多事都是這樣子的——到了最黑暗時，光明一定就快來了。

她忽然想起了很多事，很多問題。

她自己將這些問題一條條說出來，自己再一條條解答。

她先問自己：「花如玉是個什麼樣的人？」

花如玉當然是個既深沉，又狡猾，而且極厲害，極可怕的人。

「一個像他那麼樣厲害的人，費了那麼多心血，才得到沈璧君，又怎麼會讓一個車伕輕輕易易就將她救走？」

那本是絕無可能的。

「難道這本就是花如玉自己安排的，故意讓那車伕救走沈璧君？」

這解釋不但比較合理，而且幾乎已可算是唯一的解釋。

「花如玉爲什麼要這樣做？他苦心得到沈璧君，爲什麼又故意要人將她救走？」

「因爲他要那車伕將沈璧君送到無垢山莊來。」

「這又是爲了什麼？」

「因爲他知道連城璧也一定會到這裡來，他故意要沈璧君和連城璧相見，要沈璧君看看，她的丈夫已變得多麼潦倒憔悴。」

「爲什麼？」風四娘再問自己。

「因爲他知道沈璧君是個軟弱而善良的女人，若是看見連城璧爲了她而毀了自己，她一定會心軟的，爲了讓連城璧重新振作，她一定會不惜犧牲一切。」

「可是像花如玉這種人，絕不會做任何對自己沒有好處的事，他這麼樣做，對自己又有什麼好處？」

「沒有好處。」

「唯一的解釋就是，這一切計劃，並不是花如玉自己安排的，在暗中一定還另外有個主使他的人。」

「這世上又有什麼人能指揮花如玉？讓花如玉接受他的命令？」

「那當然是個比花如玉更深沉，更厲害，更可怕的人。」

「這個人難道就是接替逍遙侯地位的那個人？難道就是故意將千萬財富送給蕭十一郎的那

個人？」

「一定就是他！」

「就因爲花如玉也是他的屬下，所以花如玉從未真的關心過蕭十一郎的『寶藏』，他早已知道這『寶藏』根本就不存在。」

「這個人爲什麼要這麼樣做？」

「因爲他要陷害蕭十一郎，要別人對付蕭十一郎，也要沈璧君懷恨蕭十一郎。」

「花如玉也當然早已知道『無垢山莊』是屬於蕭十一郎的。」

「他當然也知道沈璧君發現這件事後，會多麼傷心，多麼氣憤。」

「可是他既然知道連城璧已出賣了無垢山莊，又怎能確定連城璧一定會在這裡遇見沈璧君？」

「這難道是連城璧自己安排的？」

「這件事發展到現在這種情況，唯一得到好處的人，豈非就只有連城璧？」

「除了連城璧外，也沒有人知道蕭十一郎在這裡，那請帖是怎麼會送到這裡來的？」

「難道這所有的計劃，都是連城璧在暗中主使的？難道他就是接替逍遙侯地位的那個人？」

風四娘一連問了自己五個問題。

這五個問題都沒有解答——並不是因爲她不能解答，而是她不敢相信自己的解答。

她的確不敢。

——連城璧就是「那個人」。

只要想到這種可能，風四娘全身就不禁都已冒出了冷汗。

事實的真相若真是這樣子的話，那就未免太可怕了。

風四娘甚至已連想都不敢去想，她簡直無法想像世上竟真的有如此殘酷，如此惡毒的人。

但是她也一直知道，連城璧本就是個非常冷靜，非常深沉的人。

像他這種人，本不該為了一個女人而變得如此潦倒憔悴的。

他一向將自己的名聲和家世，看得比世上任何事都重。

連家世代豪富，產業更多，一個人無論怎麼樣揮霍，也很難在短短兩年中將這億萬家業敗光的。

何況，連城璧自己也是個交遊極廣，極能幹的人，他怎麼會窮得連「無垢山莊」都賣給了別人？

這世上又有誰有那麼大的本事，那麼大的膽子，敢買下無垢山莊來？

就算真的有人買了下來，這無垢山莊又怎麼會變成蕭十一郎的？

想到這裡，風四娘身上的冷汗，已濕透了衣裳。

但她還是不敢確定。

她還是想不通連城璧怎麼會知道逍遙侯的秘密？怎麼能接替逍遙侯的地位？

現在她只知道，蕭十一郎確實已變成了江湖中的眾矢之的。

沈璧君確實已心甘情願的重新投入了連城璧的懷抱。

這些本都是絕不可能發生的事，現在偏偏全都已發生了。

風四娘已下定決心，無論如何，都要將自己這想法告訴蕭十一郎。

蕭十一郎的預感也許並沒有錯。

明日之約，真正可怕的人，也許的確不是在請帖上具名的那七個人，而是連城璧。

連城璧的「袖中劍」，她是親眼看見過的，連「小公子」那麼厲害的人，都毫無抵抗之力，立刻就死在他的劍下。

這兩年來，他很可能又練成了更可怕的武功。

以他的武功，再加上那七個人中隨便任何兩個，蕭十一郎都必死無疑。

風四娘一定要叫蕭十一郎分外小心提防。

可是她現在還不忍驚醒他，這些日子來，他實在太累，太疲倦，睡眠對他實在太重要。

現在距離天亮還有很久，她決心要讓他先安安穩穩的睡一覺。

明天那一戰，很可能就是決定他生死存亡的一戰。

他一定要有充足的精神和體力去對付，因爲他只有一個人，這世上幾乎已沒有任何別的人能幫助他。

就連風四娘都不能，因爲她根本沒有這種力量。

夜色更深，更黑暗。

風四娘的全身都已坐得發麻，卻還是不敢動。

她只有專心去思索，她希望專心的思索，能使得她保持清醒。

她想到那七個人中，很可能只有花如玉一個人是連城璧的手下。

另外那六個人，也許只不過是受了他的騙，爲了貪圖那根本不存在的寶藏，才來對付蕭十一郎的。

她若能當面揭穿這件陰謀，他們也許就會反戈相向，來對付花如玉了。

想到這裡，風四娘心裡的負擔才總算減輕了。

接著她又想到很多事。

「現在他們想必已知道冰冰的來歷了，冰冰想必也已落入他們手裡。」

於是風四娘又不禁怪自己。

那天若不是她一定要蕭十一郎陪她到麵攤子上喝酒，若不是因爲她對冰冰那麼冷淡，冰冰也許就不會一個人回去了。

她想到冰冰，又想到沈璧君。

沈璧君的確是個可憐又可愛的女人，她實在太溫柔，太癡情。

也許就因爲如此，所以她才一直都不能主宰自己的命運，一直都在受人擺佈。

所以她這一生，已注定了要遭受那麼多折磨和不幸。

冰冰呢？

冰冰更可憐。

她正是花一樣的年華，花一般的美麗，可是她的生命卻已比鮮花更短促。

也許她們兩個人都配不上蕭十一郎。

蕭十一郎需要的，是一個聰明而堅強，能鼓勵他，安慰他，了解他的女人。

這世上又有誰能比她自己更了解蕭十一郎？

風四娘又不敢想下去了。

蕭十一郎的臉，還枕在她手上，她甚至可以聽見他心跳的聲音。

她不由自主，又想到了那天晚上。

那天晚上的迷醉和激情，甜蜜和痛苦，都是她終生永遠也忘不了的。

可是她卻已決心不再提起，她甚至希望蕭十一郎能忘記這件事。

這是多麼痛苦的抉擇！又是多麼偉大的犧牲！

風四娘嘆了口氣，現在她必須要喝點酒，否則就很可能無法支持下去。

剛才斟滿的一杯酒，還在她面前。

她拿起酒杯，又放下，放下又舉起，她終於將這杯酒喝下去。

這杯酒果然使她振作了些，再喝一杯，也許就能支持到天亮了。

酒壺也就在她面前。

她生怕倒酒的聲音，驚醒了蕭十一郎，所以她就拿起了酒壺，對著嘴喝。

壺中的酒似已不多了。

她不知不覺的，就全部喝了下去，酒的熱力，果然使她全身的血液都暢通了些。

她輕輕的，慢慢的，靠到椅背上。

窗外還是一片黑暗，屋子裡也是一片黑暗，風吹著窗外的梧桐，輕得就像是情人的呼吸。

蕭十一郎的呼吸也很輕，很均勻，彷彿帶著種奇妙的節奏。

她凝視著面前這一片無邊無際的黑暗，傾聽著窗外的風聲，和蕭十一郎的呼吸。

一種甜蜜而深沉的黑暗，比夜色更濃的黑暗，忽然擁住了她。

她忽然睡著了。

黑暗無論多麼深沉，光明遲早還是要來的，睡眠無論多麼甜蜜，也遲早總有清醒的時候。

風四娘忽然醒來，秋日的艷陽，正照在雪白的窗紙上。

她輕輕嘆了口氣，慢慢的抬起手，揉了揉眼睛。

她的心突然沉了下去，沉入了腳底，沉入了萬丈深淵裡。

她的手上已沒有人。

枕在她手上沉睡的蕭十一郎，已不見了。

「他絕不會就這麼樣走的。」

風四娘跳起來，想呼喊，想去找，卻已發現那訃聞般的請帖背面，已多出了幾行字，是用筷子蘸著辣椒醬寫出來的字，很模糊，也很零亂：

「我走了。

我一定壓麻了你的手，但等你醒來時，手就一定不會再麻的。

他們要找的只是我一個人，你不必去，也不能去。你以後就算不能看見我，也一定很快就會聽到我的消息。」

模糊的字跡更模糊，因爲淚已滴在上面，就像是落花上的一層雨霧。

──我一定壓痲了你的手，可是等你醒來時，手就一定不會再痲的。

她懂得他的意思。

──我一定傷了你的心，可是等你清醒時，就一定不會再難受了，因爲我根本就不值得你傷心難受。

可是，她真的能忘了他，真的能清醒？

──你就算不再見到我，也一定很快就會聽到我的消息。

那是什麼消息？死？

他既已決心去死，除了他的死訊外，還能聽到什麼別的消息？

風四娘的心已被撕裂，整個人都已被撕裂。

──他爲什麼不叫醒我？爲什麼不讓我告訴他，那些足以讓他不想死的秘密？

──在這種生死關頭，我爲什麼要睡著？

風四娘忍不住大叫嘶喊：「我難道也是個豬？死豬？」

她一把抓起了桌上的酒杯和酒壺，用力摔了出去，摔得粉碎。

她希望能將自己也摔成粉碎。

一個人悄悄的伸頭進來，吃驚的看著她。

風四娘突然衝過去，一把揪住他衣襟：「你們的蕭莊主呢？」

「走了。」

這個人正是無垢山莊的家丁老黑，一張黑臉已嚇得發白。

「什麼時候走的？」

「天一亮就走了，外面好像還有輛馬車來接他。」

「是輛什麼樣的馬車？」

「我……我沒有看清楚。」

他這句話還沒有說完，風四娘的巴掌已摑在他臉上：「你爲什麼不看清楚……爲什麼不看清楚……」

她摑得很重，老黑卻好像完全不覺得疼。

他已完全嚇呆了。

幸好風四娘已放開他，衝出去，他臉上立刻露出種惡毒的笑意。

他知道她絕對找不到蕭十一郎的。

一輛馬車接他走的，接他到一條船上。

這就是風四娘唯一知道的線索。

是輛什麼樣的馬車？

是條什麼樣的船？

船在哪裡？

她完全不知道，她只知道不管怎麼樣，都一定要找到蕭十一郎，非找到不可。

現在她若能將自己昨天晚上想的那些問題和解答告訴蕭十一郎，就一定能激發他生存的勇氣和鬥志。

他一定要活下去，才能去找。

無論這陰謀的主使是不是連城璧，他都一定會想法子去找出真正的答案來，非找到不可。

這也許就是能讓他活下去的唯一力量，否則他就非死不可，因為他自己根本就不想再活下去，他已沒有活下去的希望和勇氣。

他若死了，冰冰是不是還能活得下去？沈璧君是不是還能活得下去？

她自己是不是還能活得下去？

這答案幾乎是絕對否定的。

死！蕭十一郎若死了，大家都只有死。

她並不怕死，可是大家假如真的就這麼樣死了，她死也不甘心。

她並沒有把死活放在心上，可是這口氣，她卻實在忍不下去。

風四娘就是這麼樣一個女人，爲了爭一口氣，她甚至不惜去死一千次一萬次。

天色還很早，秋意卻已漸深。

滿山黃葉，被秋風吹得簌簌的響，就彷彿有無數人在爲她嘆息。

她看不見馬車的影子，也找不到車轍痕跡。

地上的泥土，乾燥而堅實，就算有車痕留下，也早就被風吹走了。

風吹到她身上，她全身都是冷冰冰的，從心底一直冷到腳底。

她孤孤單單的面對著這滿山秋葉，滿林秋風，恨不得能大哭一場。

可是哭又有什麼用？就算哭斷了肝腸，又有誰來聽？

——蕭十一郎，你爲什麼要偷偷的溜走？爲什麼要坐車走？

他若是騎馬行路，她也許能在鎭上打聽出他的行蹤。

因爲他一向是個很引人注目的人。

可是坐在馬車裡，就沒有人會注意到他了，也沒有人會去注意一輛馬車。

何況她連那馬車是什麼樣子都不知道。

現在她唯一的線索，只有「一條船」，船總是停泊在江岸邊的。

江岸在東南方。

她咬了咬牙，收拾起滿懷哀愁悲傷，打起了精神，直奔東南。

這已是她唯一可走的一條路，若是找不到蕭十一郎，這條路就是條有去無回的死路。

風動秋林，一片枯葉被風吹了下來，在風中不停的翻滾旋舞。

風吹到哪裡去，它就得跟著到哪裡去，既無法選擇方向，也無法停下來。

有些人的生命豈非也一樣，也像這片枯葉一樣，在受著命運的撥弄？

大江東流。

江上有多少船舶，誰知道蕭十一郎在哪條船上？就算到了江岸又如何？

風四娘走得很快，只恨不得能飛起來，可是她的一顆心卻在往下沉。

太陽已升起，光明而燦爛。

她的臉上也在發著光，可是心裡卻似已被烏雲佈滿，再燦爛的陽光，也照不到她心裡。

她幾乎已沒有勇氣再走下去，因為她已完全沒有信心。

路旁有個賣酒的攤子，牛肉、豆乾、白酒。

喝杯酒是不是能振作些？

她還沒有走過去，已發現攤子旁的七八雙眼睛都在直勾勾的盯著她。

她也一向是個很引人注意的人，若是有人想打聽她的行蹤，一定很容易打聽得到的。

這世上真正能引人注意的人並不太多，卻也不止她和蕭十一郎兩個。

——至少還有兩個。

沈璧君和連城璧豈非也一樣是這種人，尤其是兩個人走在一起——一個美得可以令人心跳的少婦，和個落拓襤褸的醉漢走在一起，無論誰都會忍不住要多看他們兩眼的。

連城璧若真的就是「那個人」，今天晚上豈非也一定會到那條船上去？

若是能找到他，豈非就也能找到蕭十一郎？

風四娘的眼睛亮了，她本來就有雙足夠動人的眼睛，亮起來的時候，更動人心弦。

大樹下有兩個佩劍的少年正在看著她，已看得發癡了，連碗裡的酒濺出來都不知道。

風四娘眼珠子轉了轉，忽然走過去，帶著笑招呼：「喂。」

兩個年輕人都吃了一驚，又驚又喜，一個幾乎把手裡的半碗酒全都潑出來。

另外的一個看來比較沉著，也比較有經驗，居然站起來微笑道：「我叫霍英，他叫杜吟，姑娘你貴姓大名？」

有經驗的意思，當然就是對女人比較有經驗，江湖中的年輕人，本來就有不少已是老江湖。

風四娘也笑了，卻沒有回答他的話，反問道：「你們是走鏢的？」

霍英道：「我是，他不是。」

風四娘道：「你們都已在江湖中走了很久？」

霍英道：「我已走了很久，他沒有。」

風四娘道：「你們有沒有聽見過一個叫風四娘的人？」

霍英道：「我當然聽見過，她……」

杜吟忽然搶著道：「我也聽見過，聽過她是個……是個……」

風四娘道：「是個什麼？」

杜吟的臉似已有些發紅，吶吶道：「是個女人，很好看的女人，而且……」

這次霍英替他說了下去：「而且很兇，據說江湖中有很多成名的英雄，一看見她就頭痛。」

風四娘笑了笑，道：「現在你們的頭痛不痛？」

兩個人又吃了一驚，吃驚的看著她。

還是霍英的膽子比較大，終於鼓起勇氣，道：「你就是風四娘？」

風四娘道：「我就是，就是那個又兇，又不講理的女妖怪。」

霍英怔住，怔了半天，才長長吐出口氣，勉強笑道：「可是你看來一點也不像。」

風四娘道：「不像風四娘？」

霍英道：「不像女妖怪。」

杜吟居然也跟著道：「一點也不像。」

風四娘又笑了。

她本來就是個很好看的女人，笑起來的時候，更沒有一點兇的樣子。

霍英的勇氣又恢復了，試探著道：「聽說你的酒量很好，這裡的酒也不錯，你……」

風四娘嫣然道：「我本來就想要你們請我喝杯酒。」

酒其實並不好，只不過酒總是酒。

風四娘一口氣就喝了三碗，眼睛更亮了。

杜吟看著她的時候，臉也更紅，好像已神魂顛倒，不知所措。

霍英的膽子卻更大，忽然道：「我也能喝幾杯，我們來拼酒好不好？」

風四娘瞟了他一眼，道：「你想灌醉我？」

霍英居然沒有否認，道：「我聽說你從來也不會醉的，所以……」

風四娘道：「所以你想試試。」

霍英笑道：「反正就算喝醉了也沒什麼關係，我若喝醉了，小杜會送我，你若喝醉了，我送你。」

這小子居然像是有些不懷好意。

風四娘又笑了。

樹下有兩匹馬，她忽然問道：「這兩匹馬是你們騎來的？」

霍英點點頭，瞇起眼道：「你就算醉得連馬都不能騎，我也可以在後面扶著你。」

風四娘道：「你知道我要到哪裡去？」

霍英道：「隨便你想到哪裡去都行。」

風四娘道：「你們沒有別的事？」

霍英道：「我沒有，他……」

杜吟搶著道：「我也沒事，一點事都沒有。」

風四娘忽然跳起來，笑道：「好，我們走。」

霍英怔了怔，道：「走？走到哪裡去？」

風四娘道：「去找兩個人。」

霍英道：「我們剛才豈非說好了要拚酒的？」

風四娘道：「先去找人，再拚酒。」她笑得更迷人：「只要能找到那兩個人，隨便你要跟我怎麼拼都行。」

霍英的眼睛亮了，他本來就有雙色迷迷的眼睛，亮起來的時候，更顯得不懷好意。

初出道的犢兒，連隻老虎都不怕，何況母老虎？

更何況這條母老虎看來一點也不兇！

他也跳了起來，笑道：「別的本事我沒有，要找人，我倒是專家，隨便你要找什麼人，只要是說出他們的樣子來，我就能找得到。」

風四娘道：「真的？你真有這種本事？」

霍英道：「不信你可以問小杜。」

杜吟點點頭，心裡雖然有點不願意，卻也不能不承認：「他不但眼睛尖，而且記性好，不管什麼樣的人，只要被他看過一眼，他就不會忘記。」

風四娘笑道：「我要找的這兩個人，隨便誰只要看過一眼，都絕不會忘記的。」

霍英道：「這兩個人很特別？」

風四娘道：「的確很特別。」

霍英道：「是男的？還是女的？」

風四娘道：「一男一女，女的很好看……」

霍英搶著道：「比你還好看？」

風四娘嘆了口氣，道：「比我好看一百倍。」

霍英道：「男的呢？」

風四娘道：「男的本來也很好看，只不過現在看來很落魄，而且還長出了一臉亂七八糟的鬍子來。」

霍英立刻搖頭，道：「我沒看見這麼樣兩個人，也找不到。」

他的臉色似已有點變了，笑得很不自然，事實上他簡直已笑不出來。

他心裡有什麼鬼？

風四娘眼珠子轉了轉，笑道：「你雖然沒看見，可是我知道有個人一定看見了。」

霍英立刻問：「誰？」

風四娘道：「小杜。」

霍英更緊張，勉強笑道：「我跟他是一路來的，我沒有看見，他怎麼會看見？」

風四娘道：「因爲他是個老實人，他不會說謊。」她忽然轉過頭，盯著杜吟，道：「小杜，你說對不對？」

杜吟的臉又紅了，他的確不會說謊，卻又不敢說實話，他好像有點怕霍英。

可是看他的表情，已經等於把什麼話都寫在臉上了。

霍英只有嘆了口氣，苦笑道：「今天早上我們吃早點的時候，好像看見過這樣兩個人。」

風四娘道：「那女的是不是很美？」

霍英只好點點頭。

風四娘道：「你是不是也想找她拼酒？」

霍英的臉也紅了。他畢竟還是個年輕人，臉皮還不太厚。

杜吟低著頭，囁嚅著道：「其實他也並沒有什麼惡意，他本來就是這麼樣一個人，只不過有點……有點……」

風四娘替他說了下去：「有點風流自賞，也有點自作多情。」

霍英的臉更紅，好像已準備開溜。

風四娘卻拍了拍他的肩，笑道：「其實這也沒什麼好難爲情的，人不風流枉少年，年輕人看見漂亮的女人，若是不動心，那麼他不是個僞君子，就是塊木頭。」

霍英看著她，目中已露出感激之色，他忽然發覺這個女妖怪非但一點也不可怕，而且非常可愛。

無論誰看見風四娘，都會有這種想法的。

她不但能了解別人，而且能同情別人的想法，原諒別人的過錯。

只要你沒有真的惹惱她，她永遠都是你最可愛的朋友。

杜吟道：「其實他也沒有怎麼樣，也不過多看了那位連夫人兩眼，想去管管閒事而已。」

風四娘的眼睛裡更發出了光，道：「你們已知道她就是連夫人沈璧君？」

杜吟點點頭。

風四娘道：「你們怎麼會知道的？」

霍英嘆了口氣，苦笑道：「我看見她那麼樣一個女人，居然跟一個又窮又臭的男人在一起，而且神情顯得很悲傷，好像受了很多委屈。」

風四娘道：「所以你就認爲她一定是受了那個男人的欺侮，就想去打抱不平。」

霍英苦笑著點了點頭。

風四娘道：「你當然想不到那個又髒又臭的男人，就是江湖中的第一名公子連城璧。」

霍英嘆道：「我的確連做夢也想不到。」

風四娘道：「所以你就碰了個大釘子，再也不好意思去見他們。」

霍英道：「給我釘子碰的，倒不是連公子。」

風四娘道：「不是他，是誰？」

霍英道：「也是個喜歡多管閒事的人，姓周，叫周至剛。」

風四娘道：「是不是那個『白馬公子』？」

霍英點點頭，道：「他好像本來就是連公子的老朋友，所以才認得出他們，後來還把他們夫妻兩個人都拉回去了。」

風四娘道：「你是不是受了他的氣？」

霍英紅著臉，垂下頭。

風四娘眼珠子轉了轉，忽然又跳起來，道：「走，你跟我走，我替你出氣。」

霍英道：「真的？」

風四娘笑道：「莫忘記我本就是個人人見了都頭痛的女妖怪，你遇見我，算你運氣，他遇見我就算他倒了大楣了。」

霍英精神一振，展顏道：「我早就說過，隨便你要到哪裡去，我都跟著。」

風四娘嫣然道：「那麼你不妨就暫時做我的跟班，保險沒有人敢再欺負你。」

杜吟道：「可是我們只有兩匹馬。」

霍英笑道：「沒關係，兩個跟班可以共騎一匹馬。」

杜吟也笑了，道：「不錯，你是跟班，我當然也是跟班，別的跟班都是跟在馬後面跑的，我們能夠兩個人騎一匹馬，已經算運氣不錯了。」

風四娘銀鈴般笑道：「能夠做我的跟班，本來就是你們的福氣。」

所以風四娘忽然就有了兩個跟班，剛才她還是孤孤單單的一個人，身上連喝酒的錢都沒有，可是現在她已騎在一匹鞍轡鮮明的大馬上，後面還跟著兩個又年輕，又英俊的跟班。

這就是風四娘。

風四娘就是這麼樣一個人。

她這一生，永遠是多姿多采的，永遠都充滿了令人興奮的波折和傳奇。

無論遇著多麼困難的事，她都有法子去解決，而且一下子就解決了。

無論遇著什麼樣的人，她都有法子去應付，而且能叫人高高興興的做她的跟班。

對付男人，她本來就有她獨特的手段——也許只有一個男人是例外。

蕭十一郎！

對付男人的手段，她至少有好幾百種，可是一遇見蕭十一郎，她就連一種都使不出來。

十九 金鳳凰

「現在我們要到哪裡去？」

「當然是周至剛的白馬山莊。」

白馬山莊當然有一匹白馬。

一匹從頭到尾，都找不出一根雜毛來的白馬，就像是白玉雕成的。

白馬通常都象徵尊貴，這匹馬不但高貴美麗，而且極矯健神駿，據說還是大宛的名種。

白馬山莊中當然還有位白馬公子。

白馬公子也是個很英俊的人，武功是內家正宗的，文采也很風流。

所以只要一提起白馬周家來，江南武林中絕沒有一個人不知道的。

只不過，究竟是這匹馬使人出名的？還是這個人使馬出名的？現在漸漸已沒有人能分得清了。

也許連周至剛自己都未必能分得清。

可是無論怎麼樣說，馬的確是名馬，人也的確是名人，這一點總是絕無疑問的。

所以無論誰要找白馬山莊，都一定不會找不到。

正午。

山林在陽光下看來是金黃色的，一片片枯葉也變得燦爛而輝煌。

可是它的本質並沒有變，枯葉就是枯葉，葉子枯了時，就一定會凋落。

無論什麼事都改變不了它的命運，就連陽光也不能。

——世上豈非有很多事都是這樣子的？

風四娘心裡在嘆息。

陽光正照在她臉上，使得她的臉看來也充滿了青春的光輝。

可是她自己知道，逝去的青春，是永遠也無法挽回的了。

她並不想留下青春，她想留下的，只不過是一點點懷念而已。

那也並不完全是對青春的懷念，對別人的懷念，更重要的是，讓別人也同樣懷念她。

等到她也如枯葉般凋落的時候，還能懷念她的又有幾人？

風四娘不願再想下去，回過頭，霍英和杜吟正在癡癡的看著她。

至少這兩個年輕人是永遠也不會忘了她的。

只要還有人懷念，就已足夠。

風四娘笑了道：「你們兩個都是好孩子，我若年輕些，說不定會嫁給你們其中一個的，現在……」

「現在我們只不過是你的跟班。」

霍英也在笑，笑得卻有點酸酸的。

風四娘笑道：「是我的跟班，也是我的兄弟。」

杜吟忽然道：「幸好你不準備嫁給我們。」

風四娘忍不住問道：「爲什麼？」

杜吟道：「現在我們是朋友，可是你若真的要在我們之間選一個，我們說不定就會打起來了。」

他的臉又紅了起來。

他說的是實話。

風四娘嫣然道：「我若要選，一定不會選你，你太老實。」

霍英又高興了起來，笑道：「我早就告訴過他，太老實的男人，女人反而不喜歡。」

杜吟紅著臉，囁嚅著道：「其實我有時候也不太老實。」

風四娘大笑道：「你想要我怎麼樣替你出氣？」

霍英道：「隨便妳。」

風四娘道：「我們就這樣闖進去，把他抓出來好不好？」

霍英道：「好，好極了。」

山坡並不太陡斜。

風四娘吆喝了一聲，反手打馬，衝出樹林。

白馬山莊黑漆的大門開著的，他們居然真的就這麼樣直闖了進去。

門房裡的家丁全都大吃了一驚，紛紛衝出來，大喝道：「你們是什麼人？來幹什麼？」

風四娘笑道：「我們是來找周至剛的，我是他的姑奶奶。」

她要馬穿過院子，直闖上大廳。

不但人吃驚，馬也吃驚，馬嘶聲中，已撞翻了兩三張桌子，四五張茶几，七八張椅子。

十來個人衝出來，有的想勒馬韁，有的想抓人，人還沒有碰到，已挨了幾馬鞭。

風四娘大聲道：「快去叫周至剛出來，否則我們就一路打進去。」

霍英高興得滿臉通紅，大笑道：「對，我們就一路打進去。」

一個老家丁急得跳到桌子上，大叫道：「你們這是幹什麼，莫非是強盜？」

話還沒有說完，風四娘也已跳上桌子，一把揪住他衣襟，道：「我早就說過，我是周至剛的姑奶奶，他的人呢？」

「他……他不在，真的不在。」

「爲什麼不在？」

當然是因爲出去了，所以才不在，風四娘也覺得自己問得好笑，所以又問道：「他幾時出去的？」

「剛才。」

「一個人出去的？」

「不是一個人，還有一位連公子。」

「連公子？連城璧？」

「好像是的。」

「他們到哪裡去了？」

「不知道，真的不知道。」

風四娘的心不住往下沉：「連公子是不是跟他的夫人一起來的？」

「是。」

「連夫人呢？」

「在後面院子裡，跟我們莊主夫人在吃飯。」

風四娘心裡冷笑，道：「原來他故意安排周至剛出現，只不過是爲了要把他老婆留在這裡，他好出去殺人。」

老家丁聽不懂她在說什麼，霍英也不懂：「誰要去殺人？去殺誰？」

風四娘咬了咬牙，忽然問道：「你們兩個人的功夫怎麼樣？」

霍英笑道：「雖然不太怎麼樣，可是對付這些飯桶，倒還足足有餘。」

風四娘道：「好，你們就待在這裡，叫他們擺酒，開飯，若有人不聽話，你們就打，就算把屋子拆了也沒關係。」

霍英笑道：「別的我不會，揍人拆房子，我卻是專家。」

風四娘道：「若是酒不夠陳，菜不夠好，你們也照打不誤。」

霍英道：「我們要不要等你回來再吃？」

風四娘道：「用不著，我要到後面去找人。」

霍英道：「找誰？」

風四娘道：「找一個不知好歹的糊塗鬼。」

後面的院子裡，清香滿院，菊花盛開，梧桐的葉子翠綠。

一個翠衣碧衫，長裙背地的美婦人，正從後面趕出來，碰上了風四娘。

她雖然已近中年，看起來卻還很年輕，一雙鳳眼稜稜有威，無論誰都看得出她一定是個很不好惹的女人。

風四娘偏偏就喜歡惹不好惹的人，眼珠子轉了轉，忽然道：「聽說這裡的莊主夫人娘家姓金。」

「不錯。」

「聽說她就是以前江湖中很有名的金鳳凰。」

「不錯。」

「你叫她出來，我想見見她。」

「她已經出來了。」

風四娘故意瞪大了眼睛，看著她，道：「你就是金鳳凰？」

金鳳凰寒著臉，冷冷道：「我就是。」

風四娘忽然笑了，眨著眼笑道：「失敬失敬，抱歉抱歉，我本來還以為你是周至剛的媽。」

金鳳凰臉上的血色一下子就褪得乾乾淨淨，一張臉已變得鐵青，忽然冷笑道：「聽說以前江湖中有個叫風四娘的母老虎，總是喜歡纏住我老公，只可惜我老公一看見她就要吐。」

風四娘道：「你老公是周至剛？」

金鳳凰冷冷道：「不錯。」

風四娘道：「那就不對了，我只迷得他一見到我就要流口水，有時甚至會開心得滿地亂爬，卻從來也沒有吐過一次。」

金鳳凰道：「難道你就是風四娘？」

風四娘道：「不錯。」

金鳳凰冷笑道：「失敬失敬，抱歉抱歉，我本來還以爲你是條見人就咬的瘋狗。」

風四娘卻又笑了，悠然道：「我倒真想咬你一口，只可惜我從來不咬老太婆。」

金鳳凰的臉色好像已發綠。

她年紀本來就比周至剛大兩歲。

年紀比丈夫大的女人，最聽不得的，就是老太婆這三個字。

她甚至情願別人罵她瘋狗，也不願聽到別人說她老。

風四娘就知道她怕聽，所以才說。

自從發現連城璧很可能就是「那個人」之後，她就已準備找連城壁的麻煩了。

連城璧既然是跟周至剛一起走的，周至剛當然也不是好人。

她找不上他們，只好找上了金鳳凰。風四娘找麻煩的本事，本來就是沒有人能比得上的。

現在金鳳凰居然還沒有被她氣死，她好像覺得還不太滿意，微笑著道：「其實我也知道你並不太老，最多也只不過比周至剛大二三十歲而已，臉上的粉若塗得厚一點，看起來也只不過像五十左右。」

金鳳凰忽然尖叫著撲了過來。

有很多女人都很會叫的，而且很喜歡叫。

她們高興的時候要叫，生氣的時候也要叫，親熱的時候要叫，打架的時候也要叫。

金鳳凰無疑就是這種女人。

她叫的聲音很奇怪，很尖銳，有點像是一刀割斷了雞脖子，又有點像是一腳踩住了貓尾巴。

可是她的出手既不像雞，也不像貓。

她的出手快而準，就像是毒蛇。

在風四娘還沒有出道的時候，金鳳凰就已經是江湖中有名難惹的女人。

她的武功實在比風四娘想像中還要高。

風四娘接了她五六招之後，已發覺了這一點。

只不過風四娘的武功，也比金鳳凰想像中要高得多，十七八招過後，忽然閃電般握住了她的手腕。

金鳳凰的手跟身子立刻痲了，連叫都叫不出。

風四娘已經把她的手反擰到背後，才喘了口氣道：「我要問你幾句話，你最好老老實實的告訴我。」

金鳳凰咬著牙，恨恨道：「你殺了我吧。」

風四娘道：「你明知我不會殺你的，我最多也只不過把你鼻子割下來而已。」她笑了笑，又道：「世上唯一比老太婆更可怕的女人，就是沒有鼻子的老太婆。」

金鳳凰咬著牙，眼淚已快掉下來。

她知道風四娘是說得出，就做得出，她了解風四娘這種女人，因爲她自己也差不多。

風四娘道：「我問你的話，你究竟肯不肯說？」

金鳳凰道：「你……你究竟要問什麼？」

風四娘道：「你老公陪連城璧到哪裡去了？」

金鳳凰道：「不知道。」

風四娘冷笑道：「我若割下你鼻子來，你是不是就知道了？」

金鳳凰又叫了起來：「我真的不知道，你殺了我，我也不知道。」

女人真的叫起來的時候，說的大多數都不會是謊話。

風四娘嘆了口氣，又問道：「沈璧君呢？你把她藏到哪裡去了？」

金鳳凰道：「我沒有藏起她，是她自己不願意見你。」

風四娘還沒有到後面來的時候，她們已知道來的是風四娘。

敢騎著馬闖上人家大廳的女人，這世上還沒有幾個。

風四娘道：「她不想見我，可是我想見她，你最好……」

她沒有再說下去，因爲她已看見了沈璧君。

沈璧君已走出了門，站在屋簷下，臉色是蒼白，帶著怒意，一雙美麗的眼睛卻已發紅。

是不是哭紅了的？

是爲什麼而哭？

風四娘嘆了口氣，道：「我千辛萬苦的來找你，你爲什麼不願見我？」

沈璧君冷冷道：「誰叫你來的？你根本就不該來。」

風四娘又不禁冷笑道：「你若以爲是他叫我來的，你就錯了。」

他？他是誰？

沈璧君當然知道，一想到這個人，她心裡就像被針在刺著，被刀割著，被一雙看不見的手撕得粉碎，碎成了千千萬萬片。

她已連站都站不住，整個人都已倒在欄杆上，卻寒著臉道：「不管你是爲什麼來的，你現在最好趕快走。」

風四娘道：「爲什麼？」

沈璧君道：「因爲我已跟你們沒有關係，我……我已不是你認得的那個沈璧君……」

她的話說得雖兇，可是眼淚卻已流下，流在她蒼白憔悴的臉上，就像是落在一朵已將凋零的花朵上的露珠。

看著她的悲傷和痛苦，風四娘就算想生氣，也沒法子生氣了。

她的心裡又何嘗不是像被針在刺著，像被刀在割著？

她當然了解沈璧君的意思。

以前她認得的那個沈璧君，是一個爲了愛情而不惜拋棄一切的女人，現在的沈璧君，卻已是連城璧的妻子。

「不管怎麼樣，我還是有幾句話要對你說。」她忽然衝過去，緊緊的握住了沈璧君的臂：「你一定要聽我說，我說完了就走。」

沈璧君用力咬著嘴唇，終於點了點頭：「好，我聽，可是你說完了一定要走。」

風四娘道：「只要你聽我說完了，就算你不讓我走，我也非走不可。」

——該走的，遲早總是要走的。

這正是蕭十一郎以前常說的一句話。

想起了這句話，想起了那個人，想起了他們的相聚和離別……

沈璧君的眼淚已濕透了衣袖。

蕭十一郎，現在你究竟在哪裡?究竟在做什麼?

你爲什麼不來聽聽，這兩個必將爲你痛苦終生的女人在說些什麼?

你知不知道她們的悲傷和痛苦?

他當然不能來，因爲他現在又漸漸走進了一個更惡毒，更可怕的陷阱中。

也許他自己並不是不知道，可是他不願回頭，也不能回頭。

梧桐的濃蔭，掩住了日色。

長廊裡陰涼而幽靜，一隻美麗的金絲雀，正在簷下「吱吱喳喳」的叫，彷彿也想對人傾訴牠的寂寞和痛苦。

牠的愛侶已飛走了，飛到了天涯，飛到了海角，牠卻只有耽在這籠子裡，忍受著永無窮盡的寂寞。

這裡的女主人，雖然也常常撫摸牠美麗的羽毛，可是無論多麼輕柔的撫摸，也比不上牠愛侶的輕輕一啄。

金鳳凰已掩著臉衝出了院子，也沒有回頭。

風四娘還沒有開口。

這件事實在太複雜，太詭秘，她實在不知道應該從哪裡說起。

沈璧君已在催促：「你爲什麼還不說？」

風四娘終於抬起頭，道：「我知道你恨他，因爲你認爲他已變了，變成了個殺人不眨眼的魔王，變成了個無情無義的人。」

沈璧君垂著頭，一雙手緊握，指甲已刺入掌心，嘴唇也已被咬破。

她在折磨自己。

她希望能以肉體的折磨，來忘卻心裡的痛苦。

風四娘道：「可是你完全錯怪他了，你若知道這件事的真相，就算有人用鞭子趕你，你也絕不會離開他一步的。」

沈璧君恨恨道：「就算有人用刀逼我留下，我也要走，因爲每件事都是我親眼看見的，並且看得清清楚楚。」

風四娘道：「你看見了什麼？」

她也握緊了手，道：「你看見他爲了冰冰傷人，你看見他已變成了一個驕傲自大的暴發戶，你看見他已變成了無垢山莊的主人？」

沈璧君道：「不錯，這些事我都看見了，我已不願再看。」

風四娘道：「只可惜你看見的只不過是這些事的表面而已，你絕不能只看表面，就去斷定一個橘子已發臭，你……」

沈璧君打斷了她的話，冷冷道：「外面已腐爛的橘子，心裡一定也壞了。」

風四娘道：「可是也有些橘子外面雖光滑，心裡卻爛得更厲害。」

沈璧君道：「你究竟想說什麼？」

風四娘道：「我問你，你知不知道他爲什麼要爲冰冰而傷人？你知不知道無垢山莊怎麼會變成他的？你知不知道他爲什麼要殺那些人？」

沈璧君道：「我不知道，我也不想知道。」

風四娘道：「可是我知道。」

沈璧君道：「哦？」

風四娘道：「他那麼樣對冰冰，只因爲冰冰是他的救命恩人，而且她已有了不治的絕症，隨時隨地都可能倒下去。」

沈璧君臉色變了變，顯然也覺得很意外。

風四娘道：「他要殺那些人，只因爲那些人都是逍遙侯的秘密黨羽，都是些外表忠厚，內藏奸詐的僞君子。」她嘆了口氣，又道：「而且他也並沒有真的找到寶藏，他的財富，都是一個人爲了陷害他，才故意送給他的，無垢山莊也一樣。」

沈璧君的臉又沉了下去，冷笑道：「我想不出世上居然有人會用這種法子去害人。」

風四娘道：「你當然想不通，因爲有很多事你都不知道。」

沈璧君道：「什麼事？」

風四娘道：「逍遙侯有個秘密組織，他收買了很多人，正在進行一件陰謀，他死了之後，這個組織就由另外一個人接替了。」

沈璧君在聽著。

風四娘道：「只有冰冰知道這組織的秘密，也只有她才認得出這組織中的人，因爲這些人都是些欺世盜名的僞君子。」

沈璧君道：「蕭十一郎要殺的就是這些人？」

風四娘點點頭，道：「可是他不願意打草驚蛇，所以他出手時，都說他是爲了冰冰，其實冰冰是個很善良的女孩子，他們之間，並沒有你想像中的那些兒女私情。」

沈璧君又用力咬住了嘴唇。

風四娘道：「接替逍遙侯的那個人，爲了想要蕭十一郎成爲江湖中的眾矢之的，就故意散佈流言，說他找到了寶藏，其實他的財富，都是那個人用盡了千方百計，故意送到他手裡的。」

沈璧君忍不住問道：「你已知道這個人是什麼人？」

風四娘道：「我雖然還不能十分確定，至少也有了六七分把握。」

沈璧君道：「他是誰？」

風四娘一字字道：「連城璧。」

沈璧君臉色變了。

風四娘道：「天下絕沒有任何人比他更恨蕭十一郎，他這麼樣做，不但是爲了要陷害蕭十一郎，也爲了要讓你重回他的懷抱。」

沈璧君突然道：「你要告訴我的，就是這些話？」

風四娘點點頭。

沈璧君冷冷道：「現在你已經說出來了，爲什麼還不走？」

風四娘道：「我說的這些事，你難道全都不信？」

沈璧君冷笑，反問道：「你怎麼會知道這些秘密？是不是蕭十一郎告訴你的？」

風四娘道：「當然是。」

沈璧君道：「只要是他說出來的話，你難道全都相信？」

風四娘道：「每個字我都相信，因爲他從來也沒有騙過我。」

沈璧君冷冷道：「可是我卻連一個字也不相信。」

風四娘道：「爲什麼？是不是因爲他騙過你？而且常常騙你？」她盯著沈璧君，也不禁冷笑，道：「他什麼事騙過你？只要你能說得出一件事來，我馬上就走。」

沈璧君冷笑道：「他……」

她只說出了一個字。

她忽然發覺自己雖然總覺得蕭十一郎欺騙了她，但卻連一件事都說不出來。

自從蕭十一郎和她相逢的那一天開始，就在全心全意的照顧她，保護她。

他對她說出的每句話，每個字，都是絕對真實的。

可是她卻一直在懷疑他，因爲他是江湖中最可怕，也最可惡的大盜蕭十一郎。

就因爲她的懷疑，他才會吃了那麼多苦，幾乎死在小公子的刀下。

她自己幾乎一刀要了他的命。

但他卻還是毫無怨言，還是在全心全意的對她，甚至不惜爲了她去死。

前塵往事，就像是圖畫一樣，忽然又一起出現在她眼前。

每一幅圖畫，都是用淚畫出來的。

蕭十一郎的血淚。

沈璧君不禁垂下頭，淚又流下。

風四娘凝視著她，道：「你不相信他，也許只因爲你不相信自己，因爲你根本從來也沒有下定決心，拿定過主意，因爲你太軟弱，太無能，就像是籠子裡的金絲雀，始終沒有勇氣衝破這籠子飛出去。」她換上笑容，又道：「就算有人替你打開了這籠子，你也不敢，因爲你怕外面的風雨會打濕你這一身美麗的羽毛。」

她自己也知道這些話說得太重，可是現在她已不能不說。

「你總認爲你自己爲他犧牲了一切，拋棄了一切，你從來也沒有替他想想，他爲你的犧牲有多大。」

沈璧君伏倒在欄杆上，已泣不成聲。

這些話她只有聽著。

她不能反駁。

因爲這些話每個字都是真的，每個字都像是一把刀，在割裂著她的心。

看到她的悲哀，風四娘的心又軟了，嘆息著道：「何況，就算他會騙你，我也絕不會騙你的，你總該知道，我對他的感情。」她的淚也已流下，慢慢的接著道：「我若是個自私的女人，我就該想法子讓你們分開，讓你們彼此懷恨，可是現在……」

沈璧君忽然抬起頭，流著淚道：「現在你爲什麼要這麼樣做？」

風四娘笑了笑，笑得實在很淒涼：「因爲我知道他真正愛的是你，只有你，沒有別人。」

沈璧君心又碎了，本已碎成千千萬萬片的一顆心，一片又碎成了千千萬萬片。

看著風四娘淒涼的笑容，笑容上的眼淚，她忽然發覺自己的卑小。

她忽然發現風四娘才真正是個偉大的女人。

「她爲蕭十一郎的犧牲，豈非遠比我更大？」

沈璧君在心裡問自己：「她爲什麼寧可自己忍受痛苦，卻一心想來成全我們？」

「她爲什麼要說謊？」

沈璧君終於承認：「我也知道你說的是真話，可是我……」

風四娘道：「可是你不敢承認，因爲你害怕，你不敢衝破這籠子，因爲，你從小就已被人關在這籠子裡，一個別人雖然看不見，你自己卻一定可以感覺得到的籠子。」

沈璧君的確感覺得到。

風四娘道：「你不妨再想想，周至剛爲什麼會忽然出現的？」

「爲什麼？」

風四娘道：「因爲連城璧要帶你到這裡來，要將你留在這裡，他才好去殺人。」

「去殺誰？」

「蕭十一郎！」

廿 尋尋覓覓

風四娘冷冷道：「現在你又是連夫人了，所以蕭十一郎已經可以死了，他死了之後，你們就可以回到你們的無垢山莊做一雙人人羨慕的無垢俠侶，就算蕭十一郎的屍骨已餵了野狗，也跟你完全沒有關係。」她轉過身，道：「但我卻一定要去救他，所以我的話一說完，就非走不可。」

她真的在往外走。

沈璧君忽然衝上去，用力拉住了她：「我跟你一起走。」

風四娘眼睛裡發出了光：「真的？」

「真的！」

「這次你真的下了決心？」

沈璧君咬著牙點了點頭：「不管怎麼樣，我要再見他一面。」

風四娘道：「你知不知道連城璧他們到哪裡去了？」

沈璧君抬起頭，吃驚的看著她：「難道你不知道？」

風四娘的心又沉了下去。

日色偏西。

秋日苦短，距離日落時已不遠了。

她還是不知道該到哪裡去找蕭十一郎。

客廳裡居然很熱鬧。

桌上擺滿了酒菜，霍英和杜吟都在興高采烈的喝著酒。

陪他們喝酒的，居然是金鳳凰。

她的臉已紅了，眼睛裡已有了醉意，正在吃吃的笑著道：「來，再添二十杯，我們一個人乾十杯。」

霍英正在爲她倒酒，看見風四娘，立刻笑嘻嘻的站起來，紅著臉道：「是她自己要找我拼酒的，我想不答應都不行。」

風四娘也忍不住要笑——這小子找來找去，總算找到個人跟他拼酒了。

她也知道金鳳凰爲什麼會跟他拼酒。

一個人心情不好的時候，總想喝兩杯的。

金鳳凰的心情當然很不好。

無論誰被別人說成老太婆，又被人擊敗，心情都不會好的，何況她一向是個很驕傲的女人。

風四娘雖然想笑，卻又忍不住嘆了口氣。

一個女人遲暮的悲哀，她比誰都了解得多，她忽然覺得自己實在對金鳳凰太殘忍了些。

金鳳凰正乜斜著醉眼，在看著她，道：「你們的悄悄話說完了沒有？」

風四娘點點頭。

金鳳凰道：「你敢不敢過來跟我拚拚酒？」

風四娘搖搖頭。

金鳳凰又笑了，吃吃的笑道：「我就知道你不敢的，你武功雖然不錯，可是你敢跟我拚酒，我非叫你喝得躺在地上不可。」

金鳳凰瞪起了眼睛，道：「你說我醉了?好，我們一個人乾十杯，看看倒下去的是誰？」

風四娘道：「你自己現在已經快躺下去了，我勸你還是少喝兩杯的好。」

風四娘已不想理她。

你若看見一個人喝醉了，最好的法子就是不理他。

金鳳凰道：「好，你不理我也沒關係，只可惜你永遠也找不到他們了。」

她的話裡好像還有話。

風四娘立刻問道：「你能找得到他們？」

金鳳凰道：「周至剛是我的老公，我若找不到他，還有誰能找得到他？」

風四娘道：「你知道他在哪裡？」

金鳳凰道：「我當然知道，只可惜我偏偏不告訴你。」她瞪著眼，忽然又笑道：「除非你過來跟我賠個禮，再陪我喝十杯酒。」

風四娘眼珠子轉了轉，忽然也笑了，道：「我看你是在吹牛。」

金鳳凰瞪眼道：「我吹什麼牛？」

風四娘道：「你老公要到什麼地方去，絕不會告訴你的，我知道。」

金鳳凰道：「你知道個屁。」

風四娘悠然道：「我的老婆若是個像你這麼樣的老太婆，我出去的時候也絕不會告訴她的，因爲我要出去找花枝招展的大姑娘。」

金鳳凰跳了起來，大聲道：「誰說他是去找女人了，他明明是要到楓林渡口去，他……」

她下面在說什麼，風四娘已連聽都沒有聽。

只聽到了「楓林渡口」四個字，風四娘已拉著沈璧君衝出去：「我們走。」

霍英、杜吟也跟著衝出了大廳：「我們到哪裡去？」

「當然是楓林渡口。」

大廳裡已靜了下來，只剩下金鳳凰一個人癡癡的站在那裡發怔。

外面傳來馬嘶蹄聲，蹄聲遠去。

她一雙充滿了醉意的眼睛，忽然變得很清醒，嘴角忽然露出一絲惡毒的微笑。

她知道他們就算在楓林渡口找十年，也找不到連城璧和蕭十一郎的。

「風四娘，風四娘，你總算也上了我一個當……」

金鳳凰忽然大笑，大笑著將桌上的酒全都喝了下去。

酒是苦的。

她的眼淚又落在酒杯裡。

因為她實在也不知道她的丈夫到哪裡去了，以前他無論到哪裡去，都一定會告訴她，可是現在……

一個女人到了遲暮時，非但已挽不回逝去的青春，也挽不回丈夫的心了。

「我不是老太婆……我不是……」

她流著淚，把所有的酒杯全都砸得粉碎，忽然伏在桌上，放聲痛哭。

只可惜她的哭聲風四娘已聽不見。

筆直的大路，在這裡分成兩條。

「楓林渡口應該往哪條路走？」

「不知道。」

「我知道黃河上有個楓林渡口。」

「江南沒有黃河，只有長江。」

「長江的楓林渡口，我就沒聽說過了。」

「你沒聽說過，一定有人聽說過的。」

夕陽滿天，前面的三岔路口上，有個小小的茶亭。

茶亭裡通常也賣酒的，還有些簡單的下酒菜，有時甚至還賣炒飯和湯麵。

「我們不如就在前面停下來問問路，隨便喝點酒，吃點東西。」

「對，吃飽了才有力氣辦事。」

年輕人對自己的肚子總不願太虧待的，無論做什麼事，都不會忘了吃。

風四娘實在不願意停下來，現在天已快黑了，她一定要在月亮升起前找到蕭十一郎，否則她就很可能永遠也找不到。

可是她不認得路，而且她也很渴。

風中傳來酒香，還有滷牛肉和油煎餅的香氣。

霍英笑道：「這味道嗅起來好像還不錯，一定也不會難吃。」

風四娘瞪了他一眼，恨恨的道：「我不該帶你來的，你太好吃。」

她嘴裡雖這麼樣說，心裡卻並沒有這麼樣想。

她需要幫手。

霍英和杜吟的武功都不錯，江湖中後起一代的少年，武功好像普遍都比上一代的人高些。

奇怪的是，他們居然也很樂意做她的跟班。

沈璧君不了解，她永遠也不了解風四娘究竟是個什麼樣的人，更不了解風四娘的作風。

她們本就是完全不同的兩個人，所以她們的命運也不同。

沈璧君垂著頭，走進了酒亭。

她從來也沒有像風四娘那樣高視闊步的走過路，也從來沒有像風四娘那麼樣的笑過。

事實上，她已有很久都沒有真正的笑過，連她自己都不知道已有多久。

她的心一直都很亂，現在更亂。

——現在就算能找到蕭十一郎又如何？難道要她又拋下連城璧，不顧一切的跟著蕭十一郎？

假如風四娘沒有猜錯，這一切陰謀的主使真是連城璧，她更不知道該怎麼辦？

她這一生中，爲什麼總是有這麼多無法解決的煩惱和痛苦？

風四娘正在大聲吩咐：「替我們切幾斤牛肉，炒一大碗飯，再給外面的四匹馬準備些上好的草料。」

現在他們當然已用不著兩個人騎一匹馬。

她已在白馬山莊的馬廄裡選了四匹上好的蒙古駿馬，還在帳房裡順手提走了包銀子。

在她看來，這本是天經地義的事，一點也沒有犯罪的感覺。

可是沈璧君卻不懂。

她永遠不了解風四娘要跟一個人作對時，怎麼還騎他的馬，用他的銀子？

她若懷恨一個人時，就算餓死，也絕不肯喝這個人一口水的。

風四娘好像總是能將最困難的事，用最簡單的方法解決。

她卻往往會將很簡單的事，變得很複雜。

因爲她本來就是這麼樣一個人，所以才會造成這種命運。

命運豈非本就是自己造成的？

牛肉已端上來，燒得果然不錯。

風四娘一口氣吃了幾塊，才開始問這酒亭裡賣酒的老人：「這附近是不是也有個楓林渡口？」

「有的，就在楓林鎮外面。」

風四娘鬆了口氣，胃口也開了，又挾了最大的一塊牛肉：「楓林鎮要從哪條路走？」

「靠右手的這條。」

「遠不遠？」

「不太遠。」

風四娘拿起碗酒，一飲而盡，笑道：「既然不太遠，我們就可以吃飽了再趕路，反正天黑的時候能趕到就行了。」

賣酒的老人點點頭，道：「若是騎馬去，明天天黑之前一定能趕到。」

風四娘吃了一驚，連嘴裡的酒都幾乎要嗆出來，一把揪住這老人的衣襟：「你說什麼？」

老人也吃了一驚：「我……我什麼也沒有說。」

「你說我們要明天晚上才能到得了楓林鎮？」

「最快也得明天晚上，這段路快馬也得走一天一夜。」

「要走一天一夜的路，你還說不太遠？」

老人陪著笑道：「一個人至少要活好幾十年，只走一天路，又怎麼能算多？」

風四娘怔住。

看看這老人滿頭的白髮，滿臉的皺紋，一兩天的光陰，在他說來，實在沒什麼了不起。

可是對風四娘說來，只要遲半個時辰，就很可能要抱憾終生。

雖然是同樣一件事，可是人們的看法卻未必會相同的。

因爲每個人都有自己的觀念，都會從不同的角度去看這件事。

這就是人性。

對於人性，風四娘了解得顯然並沒有她自己想像中那麼多。

她心裡還抱著萬一的希望，又問：「從這裡去有沒有近路？」

「沒有。」老人徐徐道：「就算有，我也不知道，我這一輩子，從來也沒有走過近路，所以我才能活得比人長些。」他臉上露出得意的微笑：「我今年已七十九。」

風四娘又怔住。

現在她也不知道該怎麼辦了，這世上畢竟有很多困難，就連她也沒法子解決的。

霍英和杜吟卻還是「不解愁滋味」的少年，兩個人還在嘀嘀咕咕，有說有笑。

霍英正帶著笑悄悄道：「看來這老頭子跟八仙船的張果老倒是天生的一對兒。」

風四娘忽然跳來，一把揪著他：「你說什麼？」

霍英又吃了一驚，吶吶道：「我……我沒有說什麼。」

「你剛才是不是在說八仙船？」

「好像是的。」

「這條船在哪裡？」

霍英笑了：「那不是條船，是個……是個妓院。」

風四娘鬆開手，坐下去，心也沉了下去。

霍英卻還在解釋：「那妓院裡有八位姑娘，外號叫八仙，最滑稽的一個就是張果老，她明明已是個老太婆了，卻還是打扮得花枝招展的，在妓院裡混，一喝醉了，就會說些半瘋半癲，別人聽不懂的話。」

杜吟也不禁笑道：「奇怪的是，偏偏還有很多人特地跑去看她，她的客人反而比別人多。」

風四娘板著臉，冷冷道：「你們也是去看她的？也是她的客人？」

杜吟紅著臉，道：「是小霍拖我去的。」

霍英道：「我也是爲了好奇，想去看看這個老妖怪，只可惜我們去得不巧，雖然見到她一面，但沒有聽到她那些妙論。」

風四娘道：「爲什麼？」

霍英笑道：「因爲她的客人太多。」

看來這老妖怪一定也很懂得利用男人的心理。

霍英又道：「我們本來還想多等一天的，可惜那地方今天已被人包下了。」

風四娘隨口問道：「被誰包下了？」

霍英道：「被一個姓魚的客人，聽說是個豪客。」

風四娘又跳了起來，眼睛裡也發出了光：「這地方在哪裡？」
霍英道：「就在春江城。」
杜吟道：「也就是我們遇見周至剛的地方。」
風四娘已拉起沈璧君衝出去：「我們走。」
霍英、杜吟也跟著衝出酒亭：「到哪裡去？」
「當然是春江城的八仙船。」

夜。
燈火璀璨，夜已深了。
「八仙船在哪條街上？」
「在桃花巷裡。」
桃花巷並不窄，牆卻很高，高牆後不時有笙歌管弦聲傳出來。
風四娘一馬當先，衝了進去，很容易就找到了八仙船。
大門的燈籠還亮著，燈籠上六個大字也在發光：
「八仙船。」
「胭脂海。」
兩扇黑漆大門卻是緊緊關著的，「鯊王」要吃人的時候，當然不准別人闖進來。

他是不是已將蕭十一郎吃了下去？

風四娘一躍下馬，道：「我們闖進去。」

沈璧君遲疑道：「就這樣闖進去？若是找錯了地方怎麼辦？」

風四娘道：「找錯了就算他們倒楣。」

沈璧君又不懂了：「算他們倒楣？」

風四娘道：「我若找不到人，就拆了他們的房子。」

沈璧君道：「可是他們並沒有錯，他們並沒有要你們到這裡來。」

風四娘根本不理她，已衝過去，用力踢門。

門很結實，她踢不開，霍英和杜吟就幫著踢。

沈璧君只有苦笑。

這種事你就算殺了她，她也做不出的，可是風四娘踢開門後，她也會跟著進去。

她做事也有她的原則，只不過這種原則是對？是錯？就連她自己也分不清。

門已撞開。

風四娘拉著沈璧君闖進去，一路上居然都沒有人出來問，也沒有人阻攔。

人呢？難道都醉了？

燈火輝煌的大廳裡，忽然傳出了一陣很有風情的歌聲。

一個滿頭珠翠，打扮得花枝招展的女人，手裡拿著個酒杯，嘴裡哼著小調，搖搖晃晃的走出來，果然似已醉了。

她穿著曳地的長裙，雖然醉，風姿卻還是很美——在燈光下遠遠的看來彷彿很美。

可是一走得近了些，風四娘立刻就發現她已是個老太婆，臉上雖然抹著很厚的脂粉，卻還是掩不住滿臉的皺紋。

「張果老。」霍英第一個衝過去：「你們的客人呢？」

張果老抬起頭，上上下下的看了他幾眼，格格的笑了起來：「我認得你，你昨天來過。」

她忽然又嘆了口氣：「可惜你今天卻來遲了。」

「難道人都已走了？」

「還沒有走。」張果老搖著頭，又格格的笑了起來：「他們不會走的，你就算用棍子趕他們，他們也不會走的。」

「爲什麼？」

「你爲什麼不自己進去看看？」

風四娘已衝了進去，立刻就明白了她的意思。

人果然還沒有走，而且永遠也不會走了。

客廳裡燈火輝煌，桌子上擺滿了山珍海味，成罈的美酒。

每個人都穿著鮮艷華麗的衣服，顯得很威風，很神氣。

只可惜他們都已是死人。

「鯊王」魚吃人、金菩薩、「金弓銀丸刺虎刀，追雲捉月水上飄」厲青鋒、人上人、軒轅三戍、軒轅三缺。

他們在活著的時候，都是顯赫一時的英雄好漢，富甲一方的武林大豪。

只可惜他們現在都已是死人，每個人頭上都被砍了一刀。

一刀就已致命。

是誰有這麼鋒利的刀？

是誰有這麼快的出手？

蕭十一郎！

除了蕭十一郎外還有什麼人？

風四娘全身都已冰冷，沈璧君的心更冷。

死的並不止他們六個人，除了外面的張果老外，這裡已連一個活人都沒有，連女人也都已同樣死在刀下。

致命的一刀。

蕭十一郎，蕭十一郎，你的心爲什麼如此狠？

死人已不再流血。

沈璧君已忍不住要流淚，她不僅爲這些死人悲哀，也在爲自己悲哀。

她全心全意愛著的人，竟是個冷血的劊子手。

風四娘卻輕輕吐出口氣。

這景象雖然悲慘可怕，但是蕭十一郎總算並沒有死在這裡。

只要他還活著，別的事都可以等到以後再說。

沈璧君忽然轉過頭，用一雙帶淚的眼睛瞪著她：「你還說我錯恨了他？」

風四娘嘆了口氣，道：「不管怎麼樣，他絕不是你想像中那樣無情的人。」

沈璧君咬著嘴唇，冷冷道：「他的確不是，他根本不能算是人。」

風四娘道：「難道你已認定了這些人是死在他手裡的？」

沈璧君道：「難道不是？」

風四娘道：「絕不是，他從來也沒有殺死過一個無辜的人。」

沈璧君道：「那麼這些人是誰殺的？」

風四娘道：「我可以問得出來，我一定要問出來，幸好這裡還有一個活著的人。」

院子裡淒涼而寒冷，連燈光都似已變得陰森森的，宛如鬼火。

張果老雖然還活著，可是在燈下看來，臉色也像是死人一樣。

她已坐下來，坐在廊前的石階上，不停的笑，不停的唱。

她唱的本是很有風情的小調，在此時此刻聽來，卻顯得說不出的悲慘詫異。

風四娘走過去，也坐下來，坐在她身旁，輕輕的問：「你剛才一直都在這裡？」

張果老點點頭。

風四娘道：「剛才這裡發生的事，你都親眼看見了？」

張果老道：「我雖然已老了，卻還看得見，也還聽得見，我還沒有死。」她又忽然大笑：「那小子卻以爲我已經嚇死了，我裝死一定裝得很像。」

「那小子」顯然就是兇手。

她裝死騙過了他，所以她還能活著。

一個在妓院裡混了幾十年的女人，就算不是老妖精，也已是條老狐狸。

一條真正的老狐狸，無論在什麼情況下，都有法子活下去的。

風四娘鬆了口氣，又問道：「那小子殺人的時候，你也看見了？」

張果老道：「嗯。」

風四娘道：「這些人全都是他殺的？」

張果老又點點頭，臉上忽然露出種說不出的恐懼之色，喃喃道：「他殺人殺得真快……他有把好快好快的刀。」

風四娘道：「你知道他是誰？」

張果老道：「我當然知道，他是個死人。」

風四娘怔了怔，道：「死人怎麼會殺人？」

張果老道：「現在他雖然還沒有死，可是他是個死人。」

看來霍英的確沒有說錯，她說的話的確有點瘋瘋癲癲，教人聽不懂。

風四娘只有忍耐著，問下去：「他明明還活著，爲什麼是個死人……」

張果老道：「因爲他要殺人，別人一定也要殺他，他一定也活不長的，所以在我眼裡看來，他根本就已是個死人。」

她說的話雖然有點瘋癲，卻也並不是完全沒有道理。

風四娘勉強笑了笑，道：「不管他是死是活，你能不能告訴我，他姓什麼？長得是什麼樣子？」

張果老道：「他長得很好看，是個男人……」她又格格的笑著道：「我喜歡男人，尤其喜歡好看的男人，可是……爲什麼愈好看的男人，心就愈狠呢……爲什麼愈好看的男人就愈無情……」

她雖然在笑，臉上卻已有了淚痕，放聲大哭了起來，哭得就像是個孩子。

她當然有很多傷心事。

無論誰在妓院裡混了這麼多年，都一定會有很多傷心事的。

風四娘的心裡也在發苦。

她雖然知道蕭十一郎的心並不狠，也並非真的無情。

但他卻的確是個很好看的男人，而且的確有柄好快好快的刀。

——難道這些人真的是死在他刀下的？

——他爲什麼要下這種毒手？

——現在他的人呢？

風四娘也不禁用力咬住了嘴唇。

——爲什麼這個人總是在不該出現的時候出現？

——等到別人想找他的時候，他反而連人影子都看不見了。

沈璧君一直在盯著她，忽然道：「人上人他們今天請的就是他？」

風四娘道：「嗯。」

沈璧君道：「你跟他分手的時候，他就是要到這裡來的？」

風四娘道：「嗯。」

沈璧君道：「所以他一定來過。」

風四娘道：「嗯。」

沈璧君道：「現在他卻已走了。」

風四娘又不禁嘆息——該留下的時候，你不留下，不該走的時候，你偏偏要走，你為什麼總要喜歡這樣折磨人？

沈璧君道：「他們活著的時候，絕不會放他走的，因為他們找他來，就是為了對付他。」

風四娘承認。

沈璧君道：「所以他走的時候，他們一定已死了，殺人的若不是他，會是誰？」她臉上也充滿了悲慘和痛苦，流著淚道：「我不該來的，你也不該來的，他不肯帶你來，就因為不願讓你看見他殺人……你為什麼要來？我又為什麼要來？」

她反反覆覆的說著最後這兩句話，說一次，流一次淚。

她的眼淚不停的在流，她的人已走了出去，走得雖慢，卻沒有回頭。

風四娘也沒有留她。

就算留，也留不住的——就算能留住又如何？

一個人的心若已傷透了，還有誰能讓她回心轉意？

就連風四娘也同樣不能。

除非她能令死人復活，親口說出誰是真兇。

她不能。

除非她能找到蕭十一郎，叫他自己說明這件事。

她也不能。

死人是永遠不會復活的，蕭十一郎這一走，只怕也很難再找得到了。

院子裡的風好冷，凋零的秋葉，一片片隨風飄落，落在她身上，落在她頭髮上。

她沒有動，就像是已完全沒有感覺。

可是她的眼淚也已流下。

也不知道過了多久，她才忽然發現張果老的哭聲已停止，身子彷彿也將隨風而倒了。

她忍不住去拉她的手。

手冰冷，比風還冷，冷而乾癟，就像是風中的一片枯葉。

她的人也已枯葉般凋落了。

一個像她這麼樣的女人，在這種地方度過了這麼樣的一生，能這樣平平靜靜的死，是不是已經算很幸運？

可是她死得實在太孤單，太寂寞，她若能早些死，死在她還年輕美麗的時候，也許還會有人會爲她流淚。

只可惜她死的時候，她的人已枯萎。

這豈非也是她的不幸？

究竟是幸運？還是不幸？也許連她自己都分不清。

唯一幸運的人，只有那兇手。

因爲他罪行的唯一目擊者，現在已不能說話了。

他是不是就可以永遠逍遙法外？

廿一　神秘天宗

淚已乾了。

風四娘忽然跳起來，衝出去：「我們走。」

「去哪裡？」

「去找金鳳凰算帳去。」

他們沒有找到金鳳凰，也沒有找到沈璧君，卻見到了周至剛和連城璧。

「內人病了，病得很重，兩個月裡，恐怕都不能出來見客。」

周至剛的態度傲慢而冷淡。

多年前他也曾是風四娘的裙下之臣，可是現在卻似已根本忘記了她。

對霍英和杜吟，他顯得更輕蠛憎惡。

他也並不想掩飾這點。

連城璧就比較溫和得多了，他一向是個溫良如玉的諄諄君子。

他顯然已仔細修飾過。

沈璧君一回到他身邊，他就已恢復了昔日的風采。

現在他看來雖然還有些蒼白憔悴，可是眼睛已亮了，而且充滿了自信。

新留起來的短髭，使得他看來更成熟穩定。

一個女人對男人的影響，真的有這麼大？但風四娘卻知道他本來並不是個會被女人改變的男人。

「沈璧君呢？」風四娘又問道：「她是不是已回來了？」

「是的。」

「難道她也病了？也不能出來見人？」

「她沒有病，但卻很疲倦。」

連城璧的態度還是那麼溫和，甚至還帶著微笑。

「我現在也不能去見她？」

「不能。」

「要等到什麼時候才能見到她？」

「你最好不要等。」

「爲什麼？」

連城璧的笑容中帶著歉意：「因爲她說過，她已不願再見你。」

風四娘並沒有失望，也沒有生氣，這答覆本就在她意料之中。

她眼珠子轉了轉，忽然又問道：「你們是幾時回來的？」

連城璧道：「回來得很早。」

風四娘道：「很早？有多早？」

連城璧道：「天黑之前，我們就回來了。」

風四娘道：「回來後你們就一直在這裡等？」

連城璧點點頭。

風四娘道：「你發覺她又走了，難道一點也不著急？」

連城璧笑了笑，淡淡道：「我知道她這次一定很快就會回來的。」

風四娘冷笑道：「你怎麼會知道？是不是因爲你又算準了，我們只能找到一屋子死人？」

連城璧顯得很驚訝，道：「一屋子死人？在哪裡？」

風四娘道：「你真的不知道？」

連城璧搖搖頭。

風四娘道：「他們不是死在你手裡的？」

連城璧閉上了嘴。

他拒絕回答這問題，因爲這種問題他根本不必回答。

風四娘卻還不死心，又問道：「你們白天到哪裡去了？」

周至剛忽然冷笑，道：「你幾時變成了個問案的公差？」

風四娘冷冷道：「不是公差也可以問這件案子。」

周至剛道：「什麼案子？」

風四娘道：「殺人的案子。」

周至剛道：「誰殺了人？殺了些什麼人？」

風四娘道：「被殺的是魚吃人，厲青鋒，人上人，和軒轅兄弟。」

周至剛也不禁動容，道：「能同時殺了這些人，倒也不容易。」

風四娘道：「很不容易。」

周至剛道：「你難道懷疑我們是兇手？」

風四娘道：「難道不是？」

周至剛冷冷道：「我們若真是兇手，你現在也已死在這裡。」

風四娘忽然說不出話來了。

——他們若真是兇手，爲什麼不把她也一起殺了滅口？

——他們既然已殺了那麼多無辜的人，又何妨再多殺一個？

連城璧忽然笑了笑，道：「其實你若肯多想想，自己也會明白我們絕不是兇手的。」

風四娘忍不住問道：「爲什麼？」

連城璧道：「因爲我根本沒有要殺他們的理由。」

誰也不會無緣無故殺人的，殺人當然要有動機和理由。

連城璧道：「我知道你一直認爲我想對付蕭十一郎，一直認爲我跟他有仇恨。」

風四娘承認。

連城璧道：「據說他們也都是蕭十一郎的對頭，我本該和他們同仇敵愾，聯合起來對付蕭十一郎的，爲什麼反而殺了他們？」

風四娘更無話可說。

他們若真是聯合了起來，今夜死在八仙船的，就應該是蕭十一郎。

她忽然發覺這件事遠比她想像中還要詭秘，複雜離奇得多。

連城璧微笑道：「看來你也累了，好好的去睡一覺，等明天清醒時，也許你就會想通究竟誰才是真的兇手了。」

魚吃人他們都是蕭十一郎的對頭，他們活著，對蕭十一郎是件很不利的事。

所以唯一有理由殺他們的人，就是蕭十一郎。

這道理根本連想都不必想，無論誰都會明白的。

只有風四娘不明白，所以她要想。

她愈想愈不明白，所以她睡不著。

天早已亮了。

桌上堆滿了裝酒的錫筒，大多數都已是空的。

現在本不是喝酒的時候，更不是賣酒的時候，這酒舖肯開門讓他們進來喝酒，只因風四娘一定要喝。

「你不肯開門讓我們進去，我們就放火燒了你的房子。」

風四娘顯然並沒有給這酒舖掌櫃很多選擇。

她一向不會給別人有很多選擇，尤其是在她心情不好的時候。

現在她心情非但很不好，而且很疲倦。

可是她睡不著，所以霍英和杜吟也只有坐在這裡陪著她。

喝酒本是件很愉快的事，可惜他們現在卻連一點愉快的感覺都沒有。

霍英已經在不停的打呵欠。

風四娘板著臉，冷冷道：「你用不著打呵欠，你隨時都可以走的，我並沒有要你陪著我。」

霍英笑道：「我並沒有說要走，我什麼話都沒有說。」

風四娘道：「你為什麼不說話？」

霍英道：「你要我說什麼？」

風四娘道：「乾杯這兩個字你會不會說？」

霍英道：「我會，我敬你一杯，乾杯。」

他果然仰著脖子喝了杯酒。

風四娘也不禁笑了，心裡也覺得有點不好意思，這兩個年輕人對她實在不錯。

她也乾了一杯。

霍英道：「小杜，你為什麼不說話，乾杯這兩個字你會不會說？」

杜吟遲疑著，終於也舉杯道：「好，乾杯就乾杯。」

風四娘大笑，笑聲如銀鈴道：「幸虧遇見了你們，否則我說不定已被人氣得一頭撞死。」

「你在生誰的氣？」

「很多人。」風四娘又乾了一杯：「除了你們，天下簡直沒有一個好人。」

她在笑，可是心裡卻很亂。

所以她拚命喝酒，只想把這些事全都忘記，那怕只忘記片刻也好。

她的眼睛還很亮，可是她已醉了。

霍英也醉了，一直不停的在笑：「你自己會不會說乾杯？」

風四娘笑道：「你給我倒酒，我就乾。」

霍英道：「行。」

他伸手去拿酒壺，竟拿不穩，壺裡的酒倒翻在風四娘身上。

「我衣服又不想喝酒，你也想灌醉它？」

她吃吃的笑著，站起來，想抖落身上的酒，霍英也來幫忙，嘴裡還在喃喃的說著抱歉，一雙手卻已閃電般點了她三處穴道。

他的出手快而準。

風四娘想大叫，已叫不出聲音來，整個人都已麻木僵硬。

霍英抬起頭，眼睛裡已無酒意，刀鋒般瞪著那吃驚的酒舖掌櫃，冷冷的道：「我們根本沒有到這裡來過，你懂不懂？」

掌櫃的點點頭，臉上已無血色，顫聲道：「今天早上，根本沒有人來過，我什麼都沒有看見。」

霍英道：「所以你現在應該還在床上睡覺。」

掌櫃的一句話都不再說，立刻就走，回到屋裡躺上床，還用棉被蒙住了頭。

霍英這才看了風四娘一眼，輕輕的嘆了口氣，道：「你是個很好看的女人，只可惜你太喜歡多管閒事了。」

風四娘說不出話。

霍英顯然不想再聽她說話，將她控制聲音的穴道也一起點住。

也許他生怕自己聽了她的話後會改變主意。

酒舖的門還是關著的，這本是風四娘自己的主意，她喝酒時不願別人來打擾。

霍英要殺人時，當然也沒有人來打擾。

他已自鞭筒裡抽出柄短刀，刀身很狹，薄而鋒利。

這正是刺客們殺人時最喜歡用的一種刀。

杜吟一直在旁邊發怔，忽然道：「我們現在就下手？」

霍英冷笑道：「現在若不下手，以後恐怕就沒有機會了。」

杜吟遲疑著，終於下定決心，道：「我沒有殺過人，這次你讓給我好不好？」

霍英看著他，道：「你能下得了手？」

杜吟咬著牙點點頭，也從鞭筒裡抽出了同樣的一柄短刀。

風四娘目中不禁露出悲傷失望之色。

她一直認爲杜吟是個忠厚老實的年輕人，現在才知道自己看錯了。

杜吟避開了她的目光，連看都不敢看她。

霍英道：「你殺人時，一定要看著你要殺的人，你出手才能準確，有些人你一定要一刀就殺死他，否則你很可能就會死在他手裡。」

杜吟道：「下次我會記住。」

霍英道：「殺人也是種學問，你只要能記住我的話，以後一定也是把好手。」

想不到這熱情的年輕人，居然是個殺人的專家。

他笑笑，又道：「這女人總算對我們不錯，你最好給她個痛快，看準了她左面第五根肋骨間刺下去，那裡是一刀致命的要害，她絕不會有痛苦。」

杜吟道：「我知道。」

他慢慢的走過來，握刀的手背上青筋暴露，眼睛裡卻充滿了紅絲。

霍英微笑著，袖手旁觀，在他看來，殺人竟彷彿是件很有趣的事。

杜吟咬了咬牙，突然一刀刺出。

他的出手也非常準，非常快，一刀就刺入了霍英左肋第四、第五根肋骨間。

他殺的竟不是風四娘，是霍英。

霍英臉上的笑容立刻凝結，雙眼立刻凸出，吃驚的看著他，一雙凸出的眼睛裡，充滿了驚訝、恐懼和怨毒。

杜吟竟被他看得機伶伶打了個寒噤，手已軟了，鬆開了刀柄。

就在這時，刀光一閃，霍英手裡的刀，也已閃電般刺入了他的肋骨。

霍英獰笑道：「我教給你的本來是致命的一刀，只可惜你忘了把刀拔出來，你殺人的本事還沒有學到家。」

杜吟咬著牙，突又閃電般出手，拔出了他肋骨間的刀：「現在我已全學會了。」

鮮血箭一般竄出來，霍英的臉一陣扭曲，像是還想說什麼。

可是他連一個字都沒有說出來，人已倒下。

這的確是致命的一刀。

杜吟看著他倒下去，突然彎下腰不停的咳嗽。

又冷又硬的刀鋒，就在他肋骨間，他整個人卻已冷得發抖。

可是他還沒有倒下去。

因爲刀鋒還沒有拔出來——霍英一刀出手，已無力再拔出刀鋒。

——有些人你若不能一刀殺死他，就很可能死在他手裡。

只要刀鋒還留在身子裡，人就不會死。

殺人，本就是種很高深的學問。

杜吟還在不停的咳嗽，咳得很厲害。

霍英那一刀力量雖不夠，雖然沒有刺到他的心，卻已傷了他的肺。

風四娘看著他……他的確是個忠厚老實的年輕人。

她並沒有看錯。

她雖然沒有流血，眼淚卻已流了下來。

杜吟終於勉強忍住咳嗽，喘息著走過來，解開了她的穴道。

他自己卻已倒在椅子上，他竟連最後的一分力氣都已用盡。

黃豆般大的冷汗，一粒粒從他臉上流下來。

風四娘撕下了一片衣襟，用屋角水盆裡的冷水打濕，敷在他額角上，柔聲道：「幸好他這一刀既不夠準，也不夠重，只要你打起精神來，支持一下子，把這陣疼熬過去，我就帶你去治傷。」她勉強笑了笑，道：「我認得個很好的大夫，他一定能治好你的傷。」

杜吟也勉強笑了笑。

他自己知道自己是熬不過去的了，可是他還有很多話要說。

只有酒，才能讓他支持下去，只要能支持到他說完想說的話，就已足夠。

「給我喝杯酒，我身上有瓶藥……」

藥是用很精緻的木瓶裝著的，顯然很名貴，上面貼著個小小的標籤：「雲南，點蒼。」

點蒼門用雲南白藥製成的傷藥，名馳天下，一向被武林所看重。

只可惜無論多珍貴有效的傷藥，也治不好真正致命的刀傷。

霍英出手時雖已力竭，但他的確是個殺人的專家。

風四娘恨恨的跺了跺腳：「他為什麼要做這種事？為什麼要殺我？」

杜吟苦笑道：「我們本來就是要到無垢山莊去殺你的。」

風四娘怔住了。

她現在才明白，為什麼他們一直跟著她，心甘情願的做她的跟班。

「我實在沒想到你會自己找上我們，當時我幾乎不相信你真的是風四娘。」

「當時你們爲什麼沒有出手？」

「霍英從不做沒有把握的事。」

杜吟道：「所以他殺人從來沒有失過手。」喝了杯酒，將整整一瓶藥吞了下去，他死灰的臉上，已漸漸露出紅暈，「他十九歲時，就已是很有名的刺客，『天宗』裡面就已很少有人能比得上他。」杜吟苦笑道：「這次他們叫我跟他出來，就是爲了要我學學他的本事。」

「天宗。」風四娘從來也沒有聽說過這兩個字：「叫你們來殺我的，就是天宗？」

「是的。」

風四娘道：「這兩個字聽起來，好像並不是一個人的名字。」

「天宗本來就不是一個人，而是很多人，是個很秘密，很可怕的組織。」杜吟目中露出恐懼之色道：「連我都不知道他們究竟有多少人。」

「難道這『天宗』就是逍遙侯創立的？」

「天宗的祖師姓天。」

逍遙侯豈不總喜歡自稱爲天公子？

風四娘的眼睛亮了，現在她至少已能證明蕭十一郎並沒有說謊，逍遙侯的確有個極可怕的秘密組織，花如玉、歐陽兄弟，就全都是這組織裡的人。

逍遙侯死了後，接替他地位的人是誰？

是不是連城璧？這才是最重要的一點，風四娘決心要問出來，但卻又不能再給杜吟太大的壓力。

她沉吟著，決定只能婉轉的問：「你也是天宗的人？」

「我是的。」

「你入天宗已有多久？」

「不久，還不到十個月。」

「是不是每個人都能加入這組織？」

「不是。」杜吟道：「要入天宗，一定要有天宗裡一位香主推介，還得經過宗主的准許。」

「推介你的香主是誰？」

「是我的師叔，也就是當年點蒼派的掌門人謝天石。」

這件事又證明蕭十一郎說的話不假，謝天石的確也是這組織中的人，所以才被蕭十一郎刺瞎了眼睛。

由此可見，冰冰說的話也不假。

風四娘心裡總算有了點安慰。

聽了連城璧的那番話後，甚至連她自己都不禁在懷疑蕭十一郎，所以她的心才會懷疑。

一個人若是被迫要去懷疑自己最心愛的人，實在是件很痛苦的事。

「除了謝天石外，天宗裡還有多少位香主？」

「聽說還有三十五位，一共是三十六天罡。」

「宗主卻只有一個？」

「宗主是至高無上的，天宗裡三十六位香主，七十二位副香主，都由他一個人直接指揮，所以彼此間往往見不到。」

風四娘勉強抑制著自己的激動，道：「你見過他沒有？」

杜吟道：「見過兩次。」

風四娘的心跳立刻加快，這秘密總算已到了將近揭穿的時候，她的臉已無故而發紅。

杜吟道：「第一次是在我入門的時候，是謝師叔帶我去見他的。」

風四娘道：「第二次呢？」

杜吟道：「謝師叔眼睛瞎了後，就由花香主接管了他的門下。」

風四娘道：「花如玉？」

杜吟點點頭。

風四娘吐出口氣，花如玉果然也是天宗裡的人。

八仙船的屍體中，並沒有花如玉。

杜吟道：「第二次就是花香主帶我去見他的。」

風四娘道：「在什麼地方？」

杜吟道：「八仙船。」

風四娘又不禁吐出口氣。

這件事就像是幅已被扯得粉碎的圖畫，現在總算已一塊塊拼湊了起來。

杜吟道：「霍英故意帶你到八仙船去，也許他本來是想在那裡下手的。」

風四娘道：「你們也不知道那裡發生的事？」

杜吟笑了笑，道：「我知道的事並不多，在天宗裡，我只不過是個無足輕重的人，也許還比不上宗主養的那條狗。」

他笑得很淒涼，很辛酸。

他不年輕，年輕人最不能忍受的，就是別人的輕蔑和冷落，那甚至比死還不能忍受。

風四娘又問道：「你們的宗主養了一條狗？」

杜吟道：「我每次見到他的時候，都有條狗跟著他。」

風四娘道：「是條什麼樣的狗？」

杜吟道：「那條狗並不大，樣子也不兇，可是宗主對牠卻很寵愛，每說兩句話，就會停下來拍拍牠的頭。」

一個統率群豪，殺人如草的武林梟雄，怎會養一條小狗？

風四娘嘆了口氣——世上最難了解的，只怕就是人的心了。

然後她就問出了最重要的一句話：「他究竟是誰？」

「他究竟是誰？」問出了這句話，風四娘的心跳得更快。

可是杜吟的回答卻是令人失望的三個字：「不知道。」

風四娘的心又沉了下去，卻還沒有完全絕望，又問道：「你既然已見過他的面，難道連他長得什麼樣子都沒有看見？」

「我看不見。」

風四娘嘆了口氣，苦笑道：「你既然已是天宗的人，他見你時難道也蒙著臉？」

杜吟道：「不但蒙著臉，連手上都戴著雙魚皮手套。」

風四娘道：「他爲什麼連手都不肯讓人看見？是不是因爲他的人也很特別？」

杜吟道：「他的確是個很奇特的人，說話的姿態，走路的樣子，好像都跟別人不同。」

風四娘道：「有什麼不同？」

杜吟道：「我說不出來，可是我無論在什麼地方看見他，都一定能認得出。」

風四娘眼睛裡又有了光，立刻問道：「你已見過連城璧？」

杜吟道：「我見過。」

風四娘道：「是不是連城璧？」

杜吟道：「絕不是。」

風四娘冷笑道：「你既然連他長得是什麼樣子都沒有看見，怎麼能肯定他絕不是連城璧？」

杜吟道：「他是個很瘦小的人，連城璧雖然也不是條大漢，卻比他高大得多，這一點絕不能作假。」

風四娘不說話，甚至有點生氣，一個人認爲無懈可擊的理論，忽然完全被推翻，總難免有點生氣的。

可是這當然不能怪杜吟。

杜吟的臉色更紅潤，呼吸也很正常，只不過偶而咳嗽幾聲而已，若不是肋下還插著一把刀，實在很難看得出他已是個受了重傷的人，尤其是他的眼睛更不像。

他的眼睛裡也在發著光，甚至比平時更清澈明亮，因爲他在看著風四娘。

風四娘勉強笑了笑，柔聲道：「不管怎麼樣，幸好你傷得並不重，一定很快就會好起來的。」

杜吟點點頭，臉上也露出微笑，道：「我也希望如此。」

他還年輕，他並不想死，現在死亡距離他彷彿已很遠，他心裡又充滿了對生命的信心。

他癡癡的看著風四娘，臉更紅，忽然又道：「這次我若能活下去，等我的傷好了後，你還要不要我做你的跟班？」

風四娘道：「我當然要。」

杜吟囁嚅著，鼓起勇氣，道：「要不要我永遠做你的跟班？」

風四娘點點頭，心裡卻在刺痛著，她當然看得出這年輕人對她的感情。

他拚了命來救她，除了因爲他不願再忍受天宗對他的冷落輕蔑外，最重要的，也許還是因爲他已爲她傾倒。

他爲什麼會有這種情感？誰也不知道，人類的情感，本就沒有人能解釋的。

風四娘的眼淚還沒有流下來，只因爲她一直在勉強忍耐住，也許她並不是在爲這多情的年輕人悲哀，她悲哀的是自己，她知道自己對他並不好，甚至根本就沒有把他放在心上，可是他卻已不惜爲她死。

蕭十一郎呢？

她已為蕭十一郎付出了她所有的一切，得到的又是什麼？

——愛情既不能勉強，也不能交換，愛情本就是絕無任何條件的。

這道理她當然也懂，看到了杜吟對她的情感後，她懂得的更多。

可是她卻不懂，造化為什麼總是要如此捉弄人？總是要人們去愛上一個他不該愛的人？

杜吟雖然是個被命運撥弄的可憐蟲，她自己又何嘗不是？

蕭十一郎又何嘗不是？他愛上的，豈非也正是個他本不該愛的人？

幸好杜吟並沒有看出她的心事，微笑著閉上眼睛，顯得愉快而滿足：「我們見面才一兩天，我也知道你絕不會把我放在心上的，可是以後……」他微笑著道：「以後的日子還很長，很長……」

他的聲音漸漸微弱，漸漸微弱得連他自己都聽不見了。

他的臉色忽然已由紅潤變得慘白，但微笑卻還留在他臉上。

——無論如何，他總是帶著微笑而死的。

——這世上又有幾人能含笑而死呢？

廿二　夢醒不了情

陽光燦爛。

風四娘走在陽光下，舊日的淚痕已乾了。

她發誓絕不再流淚。

現在她所有的推測和理論，雖然已全都被推翻，可是她發誓一定要把「那個人」找出來。

她至少已知道「那個人」是個養著條小狗的人。

一條狗穿過橫街，沿著屋簷下的陰影，懶洋洋的往前走。

風四娘也是莫名其妙的跟在後面走。

她當然知道，這條狗絕不是「那個人」養的狗，可是，她實在不知道應該往哪條路走，才能找到「那個人」，找到蕭十一郎。

奇怪的是，陽光愈強烈，走在陽光下的人反而愈容易覺得疲倦。

風四娘的酒意已退了，經過了那麼樣的一天，現在正是她最疲倦的時候。

她想睡，又怕睡不著，眼睜睜的躺在床上，想睡又睡不著的那種滋味，她已嚐過很多次。

孤獨、寂寞、失眠、沮喪……這些本都是人世間最難忍受的痛苦，可是對一個流浪的人來說，這些痛苦卻都是一定要忍受的。

——要忍受到什麼時候？

——什麼時候才能安定下來？

風四娘連想都不敢想。

體貼的丈夫，聽話的孩子，溫暖的家，安定舒適的生活……

這些本都是一個女人生命中不可缺少的，她以前也曾憧憬過。

可是現在她已久未去想，因爲這些事都已距離她太遙遠，太遙遠……

街道漸寬，人卻漸漸少了。

她已走出了鬧區，走到城郊，冷落的街道上，有個小小的客棧，柴門低牆，院子裡還種著幾株菊花，一盆秋海棠，就像是戶小小的人家。

若不是門口有個油漆已剝落的招牌，這地方實在不像是個客棧。

不像客棧的客棧，但是畢竟還是個客棧，並且對一個無家可歸的浪子來說，也可以算是種無可奈何的安慰。

於是風四娘走進去，要了間安靜的小屋，她實在太需要睡一覺。

窗外恰巧有一樹濃蔭，擋住了日光。

風四娘躺在床上，看著窗上樹葉的影子，心裡空空洞洞的，彷彿有很多事要想，卻已連一件都想不起來。

風很輕，輕輕的吹著窗戶。

這地方實在很靜。

她眼皮漸漸沉重，終於朦朦朧朧的有了睡意，幾乎已睡著。

怎奈就在她快要睡著的時候，她忽然聽見隔牆有個人在哭。

哭聲很悲哀，也很低，可是風四娘卻聽得很清楚。

這裡的牆太薄，又太安靜。

風四娘翻了個身，想再繼續睡，哭聲卻愈聽愈清楚了。

是女人在哭。

她心裡究竟有什麼心事？爲什麼要一個人偷偷的躲在這裡哭泣？

風四娘本不想去管別人的閒事的，她自己的煩惱已夠多。

也許就因爲她的煩惱已太多，所以發現了別人的悲傷，她自己彷彿同樣會難受。

她終於忍不住跳起來，套上鞋子，悄悄的走出去。

濃蔭滿院，隔壁的門關著。

她又遲疑了半晌，哭聲還沒有停，她才走過去，輕輕敲門。

又過了半晌，門裡才有人輕輕的問：「什麼人？」

這聲音聽來竟很熟。

風四娘的心跳忽然又加快了，用力撞開了門，立刻忍不住失聲而呼：「是你！」

這個偷偷的躲在屋裡哭泣的女人，赫然竟是沈璧君。

桌上有酒。

沈璧君彷彿也醉了。

有些人醉了愛笑，不停的笑，有些人醉了愛哭，不停的哭。

看見了風四娘，沈璧君非但沒有停下來，反而哭得更傷心。

風四娘就站在那裡，看著她哭。

她也是個女人，她知道女人要哭時，是誰也勸不住的。

你若一定要勸她，她就一定會哭得更厲害。

「哭」有時就像喝酒。

一個人可以哭，一個人也可以喝酒。

可是你喝酒的時候，假如另外還有個人一直站在旁邊冷冷的看著，你就會喝不下去了。哭也一樣。

沈璧君忽然跳起來，用一雙已哭紅了的眼睛瞪著風四娘道：「你來幹什麼？」

「我正想問你，你來幹什麼？」風四娘悠然坐下來：「你怎麼會到這裡來的？」

「我爲什麼不能來？」

沈璧君不但很悲傷，火氣好像也很大。

平時她本不會說出這種頂撞別人的話。

風四娘卻笑了笑：「你當然能來，可是你本來不是已回去了嗎？」

「回到哪裡去了？」

「白馬山莊。」

「白馬山莊不是我的家。」沈璧君的眼淚彷彿又將流下。

「昨天晚上我曾到白馬山莊去過，那時候你在不在？」

「在。」

「那麼你爲什麼又一個人跑出來？」

「我高興！」沈璧君又在用力咬著嘴唇：「我高興出來就出來。」

「可惜你看來一點也不高興。」風四娘一點也不肯放鬆道：「你究竟是爲了什麼才跑出來的？」

沈璧君不再回答。

桌上有酒，她忽然抓起酒壺，往嘴裡倒。

她想醉，醉了就可以忘記一些她本不願想起的事，也可以拒絕回答一些她不願回答的話。

只可惜壺已快空了，只剩下幾滴酒，就像是淚一樣，一滴滴落下。

酒是苦的，又酸又苦，也像是淚一樣，只不過酒總有滴乾的時候。

淚呢？

「砰」的，酒壺落下，粉碎。

她的人卻比酒壺更破碎，因爲她不但心已碎了，夢也已碎了。

她這一生的生命，剩下來的已只不過是一個破碎的軀殼。

風四娘看著她。

——命運爲什麼要對她如此殘酷？

——現在她已變成了這麼樣一個人，爲什麼還要折磨她？

風四娘忽然輕輕嘆息了一聲，道：「無論你是爲什麼，你都不該再跑出來的。」

沈璧君茫然凝視著地上的碎片，美麗的眼睛裡也變得空無一物道：「我不該？」

風四娘道：「嗯。」

沈璧君突又冷笑，道：「可是昨天晚上，你還逼著我，一定要我走。」

風四娘嘆道：「昨天晚上，也許是我錯了。」

沈璧君道：「你也有錯的時候？」

風四娘點點頭道：「我錯了，只因爲我從來沒有替你想過。」

她想的只有一個人。

她所做的一切事，都是爲了想要他快樂，想要他幸福。

爲了他，她不惜犧牲一切。

可是別人呢？

別人爲什麼一定也要爲他犧牲？

別人豈非也一樣有權活下去？

風四娘黯然道：「你吃的苦已太多了，爲他犧牲的也已夠多。」

直到現在她才發現，她根本沒有權力逼著別人爲「他」受苦，把他的幸福，建築在別人的不幸上。

「現在你已應該為你自己活幾天，過一段幸福平靜的日子，你跟我不同，若是再這麼樣流浪下去，你這一生就真的要毀了。」

這可是她的真心話。

對這個美麗如花，命薄如紙的女人，她的確已有了種出自真心的同情和憐惜。但她卻忘了，憐憫有時甚至比譏諷更尖銳，更容易傷人的心。

沈璧君本已勉強控住的眼淚，忽然間又已落下面頰。

她用力握緊雙手，過了很久，才慢慢的問：「你要我怎麼樣？」

風四娘道：「我要你回去。」

沈璧君道：「回去？回到哪裡去？你明明知道我已沒有家。」

風四娘道：「家是人建的，只要你還有人，就可以重新建立一個家。」

沈璧君道：「人？……我還有人？」

風四娘道：「你一直都有的。」

沈璧君道：「連城璧？」

風四娘點點頭，苦笑道：「我一直看錯他了，他並不是我猜想的那個人，只要你願意回到他身邊去，他一定會好好的對你，你們還是可以有一個很好的家。」

沈璧君在聽著，似已聽得出神，就像是個孩子在聽人說一個美麗的神話。

風四娘道：「現在我已知道，那個秘密組織叫『天宗』，宗主是一個很矮小，還養著條小狗的人，並不是連城璧。」她嘆息著，又道：「所以我本不該要你離開他的，不管怎麼樣，他至少沒有欺騙你，你回到他身邊，總比這麼樣在外面流浪好得多。」

沈璧君還在聽著，還是聽得很出神。

世上絕沒有任何一個女人喜歡這麼樣在外面流浪的。

她是不是已被打動？

風四娘道：「只要你願意，我隨時都可以陪你回去，我甚至可以去向他道歉。」

這也是她的真心話。

只要沈璧君真的能得到幸福，無論要她做什麼，她都願意。

沈璧君卻笑了，突然瘋狂般大笑。

風四娘怔住。

她從未想到沈璧君會有這種反應，更沒有想到沈璧君會這麼樣笑。

她實在不知道應該怎麼辦才好。

就在這時，沈璧君的微笑突然又變成痛哭——不再是悄悄流淚，也不再是輕輕哭泣，而是放聲痛哭。

除了蕭十一郎外，她也從未在別人面前這麼樣哭過。

她哭得就像是個受了驚駭的孩子。

這種哭甚至比剛才的那種哭更不正常，像這麼樣哭下去，一個人說不定真的會哭瘋了。

風四娘忍不住衝過去，用力握住她的肩。

沈璧君還在哭。

風四娘咬了咬牙，終於伸手，一掌摑在她臉上。

沈璧君突然「停頓」。

不但哭聲停頓，呼吸、血脈、思想也全都停頓。

她整個人都已停頓，麻木、僵硬，就像是突然變成了個木偶。

風四娘的淚卻已流了下來，黯然道：「你這是爲了什麼？是不是因爲我說錯了話？」

沈璧君沒有動，一雙空空洞洞的眼睛，彷彿在看著她，又彷彿凝視著遠方。

風四娘道：「我說錯了什麼，我……」

沈璧君突然道：「你沒有錯，他的確不是天宗的宗主，但我卻寧願他是的。」

風四娘又怔住：「爲什麼？」

沈璧君道：「因爲天宗的宗主，至少還是個人。」

風四娘道：「難道他不是人？」

沈璧君的臉又因痛苦而扭曲，道：「我一直認爲他是個人，不管他是好是壞，總是個了不起的人，誰知道他只不過是個奴才。」

風四娘道：「奴才？誰的奴才？」

沈璧君道：「天孫的奴才。」

風四娘道：「天孫？」

沈璧君冷笑道：「逍遙侯是天之子，他的繼承人當然是天孫。」

風四娘道：「連城璧雖然不是天孫，卻是天孫的奴才？」她更吃驚，更意外，忍不住問道：「這些事你怎麼知道的？」

沈璧君道：「因爲……因爲我還是他的妻子，昨天晚上，我還睡在他房裡。」

這些話就像是鞭子。

她說出來時，就像是用鞭子在抽打著自己。

這種感覺已不僅是痛苦而已，也不僅是悲傷、失望……還有種無法形容的屈辱。

風四娘了解這種感覺。

她沒有再問，沈璧君卻又接著說了下去：「他以爲我睡著了，他以爲我已喝光了他給我的那碗藥。」

「你知道那是迷藥？」

「我不知道，可是我連一口都沒有喝。」

「爲什麼？」

「我也不知道究竟是爲了什麼，我就是不想吃藥，什麼藥都不想吃。」

風四娘心裡在嘆息。

她知道那是爲了什麼——一個已對生命絕望，只想拚命折磨自己的人，是絕不會吃藥的。

世界上本就有很多事，看來彷彿是巧合，其實你若仔細去想一想，就會發覺那其中一定早已種下了「前因」。

你種下的是什麼「因」，就一定會收到什麼「果」，——你若明白這道理，以後播種時就該分外小心。

沈璧君道：「他想不到我已將那碗藥偷偷的潑了出去。」

風四娘嘆道：「他一定想不到的，因爲你以前從來也沒有騙過他。」

——這也是「因」。

沈璧君道：「他進來的時候，我其實是醒著的。」

風四娘道：「但你卻裝作睡著了的樣子。」

沈璧君道：「因爲我不想跟他說話。」

——這又是「因」。

風四娘道：「他沒有驚動妳？」

沈璧君搖搖頭，道：「他只是站在床頭看著我，看了很久，我雖然不敢張開眼看他，卻可以感覺到他的樣子很奇怪。」

風四娘道：「奇怪？」

沈璧君道：「他看著我的時候，我好像全身都在漸漸發冷。」

風四娘道：「然後呢？」

沈璧君道：「我看來雖然好像已睡著，其實心裡卻在想著很多事……」

那時她想的並不是蕭十一郎。

這兩年來，蕭十一郎幾乎已佔據了她全部生命，全部思想。

但那時她在想的卻是連城璧。

因爲連城璧就在她床前，因爲她和連城璧之間，也並不是完全沒有值得回憶的往事。

他畢竟是她第一個男人。

她想起了他們新婚的那一天，她也曾躺在床上裝睡，他也是這麼樣站在床頭，看著她，一直都沒有驚動她，還悄悄的替她蓋上了被子。

那時她心裡的緊張和羞澀，直到現在，她只要一想起來，還是會心跳。

在他們共同生活的那段日子裡，他從來也沒有驚擾過她。

他始終是個溫柔和體貼的丈夫。

想到這裡，她已幾乎忍不住要睜開眼，陪他一起度過這漫漫的長夜。

可是，就在這時候，她忽然聽見窗外響起了一陣很輕的彈指聲。

連城璧立刻走過去，推開窗戶，壓低聲音道：「你來遲了，快進來。」

窗外的人帶著笑道：「久別勝新婚，你不怕我進去驚擾了你們？」

聽見這個人的聲音，沈璧君忽然全身冰冷。

這是花如玉的聲音。

她聽得出。

可是她卻連做夢也想不到，花如玉居然會來找連城璧。

他們怎麼會有來往的？

沈璧君勉強控制著自己，集中精神，聽他們在說些什麼。

連城璧道：「我知道你會來，所以已經想法子讓她睡了。」

花如玉道：「她不會醒？」

連城璧道：「絕不會，我給她的藥，至少可以讓她睡六個時辰。」

花如玉已穿窗而入，吃吃的笑著，道：「你花了那麼多心血，才把她找回來，現在卻讓她睡覺，豈非辜負了春宵？」

連城璧淡淡道：「我並沒有找她回來，是她自己要回來的。」

花如玉笑道：「難怪別人都說你是個了不起的角色，你不但要她的人回來，還要她的心。」

連城璧也笑了笑，道：「我若只想要她的人回來，就不必費那麼多事了。」

聽到了這些話，沈璧君不但全身都已冰冷，心也已沉了下去。

她忽然覺得自己就像是一團泥，別人要把她捏成什麼樣子，她就被人捏成什麼樣。

花如玉道：「這件事你做得很好，所以天孫想當面跟你談談下一件事。」

連城璧道：「什麼時候？」

花如玉道：「月圓的時候。」

連城璧道：「什麼地方？」

花如玉道：「西湖，水月樓。」

連城璧道：「我一定準時去。」

花如玉道：「你最好明天一早就動身，跟我一起走，先到掃花草堂去等著。」

連城璧道：「行。」

花如玉笑道：「你捨得把她一個人留在這裡？」

連城璧道：「這次她既然已回來，就絕不會走的了。」

花如玉道：「你有把握？」

連城璧淡淡道：「因爲我知道她根本已沒有別的地方可去。」

花如玉吃吃的笑道：「你實在有兩下子……」

這就是沈璧君昨夜聽見的秘密。

直到現在，她的眼睛裡還是充滿了痛苦和悲傷。

風四娘了解她的心情。

無論誰發現自己被人欺騙出賣了時，心裡都不會好受的。

何況出賣她，欺騙她的，又是她本已決心要廝守終生的人。

沈璧君流著淚道：「這次我本來的確已不想再離開他了，我……我實在也已無處可去，可是，聽了那些話之後，就算叫我再多留一天，我也會發瘋。」

風四娘道：「所以他一走，你也跟著跑出來了？」

沈璧君點點頭。

她不但無處可去，甚至連一個親人，一個朋友都沒有。

她只有悄悄的躲在這種淒涼的小客棧裡，悄悄的流淚。

苦酒入愁腸，也化作了淚。

風四娘沒有動，也沒有開口。

她實在不知道該說些什麼，更不知道應該怎麼樣勸解安慰。

世上本就有種痛苦是誰也沒法安慰勸解的，也只有這種痛苦，才是真正的痛苦。

日影漸漸斜了，漸漸淡了。

淡淡的日色，從濃蔭間照過來，就變成一種淒涼的淡青色。

沈璧君的淚看來也是淡青色的，正慢慢流過她蒼白憔悴的臉。

風四娘看著她，忽然笑道：「我現在想起了一件事。」

沈璧君忍不住問道：「什麼事？」

風四娘道：「我們兩個人自上次逃離花如玉的馬車後，好像還沒有在一起喝過酒？」

沈璧君點點頭道：「的確是沒有。」

風四娘道：「今天我們就在這裡大醉一次好不好？」她不等沈璧君同意，已跳起來，衝出去，高聲吩咐：「快拿酒來，要二十斤最好的酒。」

最好的酒也是苦酒。

對沈璧君說來，生命的本身已是杯苦酒。

風四娘已喝了兩杯，她杯中的苦酒卻還是滿的，彷彿已將溢出。

「你不喝？」

「我不想醉。」

風四娘皺眉道：「人生難得幾回醉，你爲什麼不想醉？」

沈璧君道：「因為我已明白你的意思。」

風四娘道：「我有什麼意思？」

沈璧君道：「你想灌醉我，然後一個人到西湖去。」

風四娘笑了，苦笑。

沈璧君道：「我知道你一定要去找連城璧，去找天孫，這次的機會你絕不會錯過。」

風四娘苦笑道：「你本來好像並不是個多疑的人，現在怎麼變了？」

沈璧君淒然道：「因為我已不能不變。」

風四娘道：「難道你也想去找他們？」

沈璧君道：「難道我不能去？」

風四娘道：「你不能。」

沈璧君道：「為什麼？」

風四娘道：「因為我們這一去，若是被他們發現，就永遠休想活著回來了。」

沈璧君道：「所以你不讓我去？」

風四娘道：「因為你不能死。」

沈璧君道：「但你卻可以去，可以死？」

風四娘沉默著，忽然問道：「你知不知道我是個什麼樣的人？」

沈璧君道：「你不但聰明美麗，而且很灑脫，你活得比很多人都快樂，至少比我快樂多了。」

風四娘又笑了，笑容中卻帶著種說不出的淒涼和悲傷。

過了很久，她才慢慢的說道：「我是個孤兒，從小就沒有家，沒有親人，別的孩子還在母親懷裡撒嬌的時候，我已經在外面流浪，家的溫暖，我連一天都沒有享受過。」

「十幾歲的時候，我已學會了騎最快的馬，喝最辣的酒，玩最快的刀，穿最好的衣裳，交最有權力的朋友。」

「因為我知道一個像我這樣的女人，要想在江湖中混，就得學會應該怎麼樣保護自己，否則我只怕早已被人吃了下去，連骨頭都不剩一根。」

「別人都認為我活得很快樂，因為我也早已學會將眼淚往肚裡流。」

「今年我已經三十五了，卻和二十年前一樣，沒有家，沒有親人，每到過年過節的時候，我只有一個人偷偷的躲起來。」

「因為我不願讓別人看見我流淚。」她抬起頭，凝視著沈璧君道：「你也是個女人，你應該知道一個女人想要的是什麼。」

沈璧君垂下頭。

溫暖的家，聽話的孩子，體貼的丈夫，平靜的生活……

這些本是世上所有女人的夢想和希望，大多數女人都能得到。

因為這些並不能算是奢望。

「但我卻一樣都沒有。」風四娘握住了沈璧君的手繼續說：「你想想，像我這麼樣一個女人，還有什麼理由一定要活下去？」

沈璧君也笑了笑，笑得也同樣凄涼：「我呢，我又有什麼理由一定要活下去？」

風四娘輕輕道：「你至少還有一個理由。」

沈璧君道：「蕭十一郎？」

風四娘點點頭，勉強笑道：「你至少還有一個真心相愛的人。」

就憑這一點理由，的確已足夠讓一個女人活下去。

「所以你不能死，也不能去。」風四娘站起來：「我見到他時，一定會叫他到這裡來找你。」

「你認為我會在這裡等？」

「你一定要等。」

「你若是我，你也會等？」

「我若也有一個真心相愛的人，無論要我等多久，我都會等的。」

沈璧君看著她含淚的眼睛，忽然道：「那麼應該在這裡等他的就不是我，是你！」

這句話也像是條鞭子。

風四娘的人已僵硬，這一鞭子正抽在她心裡最軟弱的地方。

沈璧君緩緩道：「現在我已不是以前那個不懂事的女人了，所以有很多你認為我不會看出來的事，我都已看了出來。」

風四娘道：「你……」

沈璧君打斷了她的話道：「所以我若有理由活下去，你也一樣有，你若能去冒險，我也一樣能去。」她說得很堅決，也很悲傷：「我們的出身雖不同，可是現在，我們的命運卻已是完全一樣的，你爲什麼一定要否認？」

她看著風四娘，眼睛裡充滿了了解和同情。

風四娘也在看著她。

兩個人就這麼樣互相凝視著……兩個絕不相同的女人，卻已被一條看不見的繩索繫在一起……

命運是什麼？

命運豈非本就是條看不見的鎖鏈。

情感是什麼？

情感豈非也正是條看不見的鎖鏈。

廿三 搖船母女

杭州。

她們出了湧金門，過南屏晚鐘，搖向三潭印月，到了西冷橋時，已近黃昏了。

滿湖秋水映著半天夕陽，一個頭戴黑帽的漁翁，正在橋頭垂下了他的釣竿。

遠處畫舫樓船上，隱約傳來妙齡船孃的曼聲清歌。

「看畫舫盡入西冷，閒卻半湖春色。」

白沙堤上野柳已枯，芳草沒脛，靜悄悄的三里長堤，很是少人行走。

「誰開湖寺西南路，草綠裙腰一道斜。」

面對著名湖秋色，雖然無酒，人已醉了。

風四娘也不禁曼聲而吟：「若把西湖比西子，濃妝淡抹兩相宜。」

沈璧君輕輕嘆息，道：「這兩句話雖然已俗，可是用來形容西湖，卻是再好也沒有。」

風四娘道：「你以前來過？」

沈璧君點點頭，美麗的眼睛又流露出一抹感傷。

——以前她是不是和連城璧結伴來的？

風四娘道：「你知不知道水月樓在哪裡？」

沈璧君搖搖頭。

搖船的船家是母女兩個人，女兒雖然蓬頭粗服，卻也不失嫵媚。

她忽然伸出手向前一指：「那裡豈非就是水月樓？」

她指著的地方，正是湖心秋色最深處，波光夕陽，畫舫深歌。

風四娘道：「水月樓是條畫舫？」

船孃道：「湖上最大的三條畫舫，一條叫不繫園，一條叫書畫舫，還有一條就是水月樓。」

風四娘道：「這條畫舫有多大？」

船孃道：「大得很，船樓上至少可以同時擺三四桌酒席。」她嘆了口氣，聲音裡帶著無限羨慕：「幾時我若也能有那麼樣一條畫舫，我也用不著再吃這種苦了。」

她看著自己的手，本來很秀氣的一雙手，現在已結滿了老繭。

湖上的兒女，日子過得雖自在，卻都是清貧而辛苦的。

沈璧君看著她，忽然問道：「你們平常一天可以賺多少銀子？」

船孃苦笑，道：「我們哪裡能天天看得到銀子，平常最多也只不過能賺個幾十文銀而已，只有到了春天……」

一提到春天，她的眼睛裡就發出了光。

這三十里晴波一到春天，六橋花柳，株株相連，飛紅柔綠，鋪岩霞錦，千百隻遊船，一式白紡遮陽，銅欄小槳，攏著素心三五，在六橋裡外，燕子般穿來穿去。

春天才是她們歡愉的日子。

現在卻已深秋。

沈璧君忽然笑了笑，對船孃道：「你想不想到城裡去玩幾天？除了花錢外，還可以賺五兩銀子？」

黃昏。

船上已只剩下兩個人，一個母親，一個女兒。

風四娘和沈璧君呢？

她們豈非就在這條船上？

沈璧君是母親。

——母親總是比較少有人注意的，我不願讓別人認出我。

所以風四娘就只好做了她的女兒。

用白粉將頭髮撲成花白，再用一塊青帕包起來，臉上添點油彩，畫幾條皺紋，沈璧君瞇著眼睛低垂下頭：「你還認不認得出我？」

風四娘笑了：「我實在想不到你居然還會一點易容術。」

其實只要是會打扮的女人，就一定會一點易容術的。

易容本不是種神奇的事，造成的結果，也絕沒有傳說中那麼神奇。

「現在我們最多只不過能在晚上暫時瞞過別人而已。」

「月圓的時候，豈非就是晚上？」

「所以白天我們最好少出來。」

風四娘笑道：「你難道沒有聽人說過，我一向是條夜貓子？」

——今天是十三，後天晚上月亮就圓了。

一輪將圓未圓的明月，正冉冉升起，照亮了滿湖秋水。

月下的西湖，更美得令人心碎。

「你想那個叫天孫的人，後天晚上究竟會不會來？」

「一定會來的，我只怕他來了，我們還是認不出他。」

「只要他來，我們就一定會認得出。」

「你有把握？」

「現在我們至少已有了三條線索。」

「哦？」

「第一，我們已知道他是個很瘦小的人，而且總是帶著條小狗。」

「第二，我們已知道他一定會到水月樓去。」

「第三，我們也已知道連城璧一定會去找他。」

「我們雖然不認得他，但我們卻認得狗，認得水月樓，也認得連城璧。」

風四娘的確充滿了信心，因爲她忘記了一點。

——就是能找到他，又能怎麼樣呢？

秋月漸高，湖水漸寒。

風四娘坐在船舷畔，脫下了青布鞋，用一雙如霜的白足，輕輕的踢著水。

沈璧君正在看著她，看著她的時候，忽然道：「聽說你一腳踢死過祁連山的大盜半天雲？」

風四娘道：「嗯。」

沈璧君道：「你就是用這雙腳踢的？」

風四娘道：「我只有這一雙腳。」

沈璧君也笑了。

她已有很久很久未曾笑過，面對著這大好湖山，她的心情才總算開朗了些。

她微笑著道：「你這雙腳看來實在不像踢死過人的樣子。」

風四娘嫣然道：「我喜歡聽別人說我的腳好看，你若是個男人，我一定讓你摸摸。」

沈璧君道：「只可惜我不是……」

她的聲音又低沉了下去——這是不是因爲她又想起了蕭十一郎？

——只可惜你不是蕭十一郎。

——只可惜你也不是蕭十一郎。

蕭十一郎，你究竟到哪裡去了？爲什麼至今還是沒有消息？

月色更亮，她們的笑容都已黯淡。

湖上又傳來了清歌：

第一湖山。

銷魂南浦。

年年草綠裙腰。

湖寺西南，杏花村酒簾招。

東風醉，醉前朝。

岸漸移，柳映官橋。

歌聲清妙，其中還帶著銀鈴般的笑聲，唱歌的人，想必是個愛笑又愛嬌的少女。

笑聲和歌聲，又是從湖心堤畔，那水月樓船上傳來的。

船上燈火輝煌，鬢影衣香，彷彿有人正在大開筵席，作長夜之飲。

這人的豪興倒不淺。

風四娘忽然笑道：「可惜我們這兩天有事，否則我一定要闖上船去，喝他幾杯。」

沈璧君道：「你知道船上是什麼人在請客？」

風四娘道：「不知道。」

沈璧君道：「你連主人是誰都不知道，也敢闖去喝酒？」

風四娘笑道：「不管他是誰，都一樣會歡迎我的。」

沈璧君道：「爲什麼？」

的。」

風四娘道：「因爲我是個女人，男人在喝酒的時候，看見有好看的女人來，總是歡迎得很

沈璧君嫣然道：「你好像很有經驗？」

風四娘笑道：「老實說，像這種事我實在已不知做過多少次。」

沈璧君看著她，看著她發亮的眼睛，看著她深深的酒窩，忽然輕輕嘆了一口氣，道：「只可惜我不是男人，否則我一定要你嫁給我。」

風四娘笑道：「你若是男人，我一定嫁給你。」

她們雖然又在笑，可是笑容中卻還是帶著種說不出的憂鬱。

她們又想起了蕭十一郎。

蕭十一郎，蕭十一郎，你爲什麼總是這麼樣叫人拋也拋不開，放也放不下？

忽然間，堤岸上有人在呼喚：「船家，搖船過來。」

風四娘嘆了口氣，苦笑道：「看來我們的運氣倒不錯，今天剛改行，就有了生意。」

沈璧君道：「我們既然幹了這一行，就不能把生意往外推。」

風四娘道：「有理。」

她跳起來，舉起長篙一點，船已盪了出去。

沈璧君道：「你真的會搖船？」

風四娘道：「我本就是十八般武藝件件精通，件件稀鬆。」

沈璧君忍不住笑道：「你有沒有不會的事？」

風四娘道：「有一件。」

沈璧君道：「什麼事？」

風四娘道：「我從來也不會難為情。」

要坐船的一共有三個人。

風四娘帶著喜悅，道：「若是把江湖人全都找來，排著隊從我面前走過去，每三個人中，我至少認得一個。」

她並不是吹牛。

這三個人中，她就認得一個。

一個眼睛很小，氣派卻很大的人，穿著長袍，搖著摺扇，看來又像是個書生。

他的外號的確叫書生。

要命書生。

他手裡的摺扇，卻是件要命的武器。

江湖中能用摺扇做武器的人並不多，這「要命書生」史秋山也許就是其中最要命的一個。

能跟他做朋友的人，當然也不是等閒人物。

蕭十一郎常常喜歡說：「江湖中的人風四娘至少認得一半，還有一半認得她。」

可是這三個人卻全都不認得她，就連史秋山都不認得，因為夜色已深，她的樣子又已變了，因爲誰也想不到風四娘會在西湖中做船孃。

「客官們要到哪裡去？」

「水月樓，」史秋山道：「你知不知道水月樓在哪裡？」

風四娘鬆了口氣，別的地方她不知道，水月樓她總是知道的。

史秋山已坐下來，坐在船頭，上上下下的打量著她，然後就盯在她的腳上，三個人的三雙眼睛都盯在她腳上，風四娘並不反對別人欣賞她的腳，但現在卻恨不得把他們的眼睛全都縫起來，因爲她也知道終年在湖上操勞的船孃們，本不該有這麼樣一雙腳的，她一定要想法子轉移他們的注意力，卻偏偏想不出來，這三個人的眼睛就像是釘子一樣，已釘在她腳上。

——男人爲什麼總是喜歡看女人的腳？

幸好就在這時，燈火輝煌的水月樓船上，又有歌聲傳來。是蘇軾的水調歌頭。

明月幾時有。

把酒問青天。

不知天上宮闕，今夕是何年。

我欲乘風歸去。

又恐瓊樓玉宇，高處不勝寒……

歌聲蒼涼悲壯，是男人的聲音。

史秋山突然冷笑，道：「看來他的豪興到還真不淺。」

一個面色蠟黃的中年人道：「他是從初五開始請酒的，到今天已七天。」

另一個虬髯大漢道：「所以我佩服他。」

史秋山道：「你佩服他？」

虬髯大漢道：「無論誰大醉七天後，還有精神高歌我都佩服。」

面色蠟黃的中年人冷冷道：「你怎麼知道他已大醉了七天？」

虬髯大漢道：「因爲我知道他這人一向是有酒必醉的。」

史秋山遙視著湖水中的光影，目中帶著深思之色，緩緩道：「卻不知有多少女人肯來陪他醉？」

中年人道：「這次他究竟請了多少人？」

史秋山道：「江南一帶的武林英雄，他好像已全都請遍了。」

中年人道：「他爲的是什麼？」

史秋山道：「不知道。」

主人請客，客人居然不知道他是爲什麼請客的，看來這主人倒是個怪人。

風四娘雖然低垂著頭，眼睛裡卻已發出了光。

——主人是誰？

——是不是天孫？

——他爲什麼要將江南的武林豪傑全都請來？難道這又是個圈套？

——殺人的圈套？

想到死在「八仙船」裡的那些人，風四娘幾乎已忍不住想拉住史秋山，叫他莫要上船去。

可是她自己倒又想上去看看，看看這個人究竟是誰？

月在湖心，人也在湖心，月在水波上，人也在水波上，水波溫柔得就像是月色，月色溫柔得就像是情人的眼波，情人的眼波卻已渺無蹤跡。

風四娘輕輕的嘆了口氣，忽然發現說話的人都已閉上了嘴，雖然閉上了嘴，眼睛卻張得很大，每個人都瞪著眼睛，在看著她，不是看她的腳，是在盯著她的臉，幸好她頭上還有頂竹笠擋住了月光。

風四娘的頭也垂得更低了些——男人的眼睛真該全都縫起來，也許連嘴都該縫起來。

史秋山忽然咧開嘴一笑，道：「我姓史，叫史秋山，太史公的史，秋色滿湖山的秋山。」

他的眼睛雖小，嘴巴很大，好像一口就能吞下個半斤重的大饅頭。

風四娘忍住了氣，低著頭叫了聲：「史大爺。」

「不是史大爺，是史二爺。」

史秋山道：「大爺是這位，他姓霍，霍無病。」

面色蠟黃的中年人點了點頭，風四娘只好又叫了聲：「霍大爺。」

——看你明明是有病的樣子，爲什麼偏偏要叫做無病？

這句話總算忍住了沒說出來，她的脾氣好像已改了些。

「我叫王猛。」

虬髯大漢搶著道：「王八蛋的王，我是老三。」

風四娘忍不住要笑，這位王三爺看來倒比較有趣些。

她沒有笑，因爲史秋山又在問：「姑娘你姓什麼？叫什麼名字？」

風四娘道：「我是個搖船的。」

史秋山道：「搖船的難道就沒有名姓？」

風四娘道：「搖船的有沒有名姓，大爺們都不必知道。」

史秋山道：「既然同船共渡，就是緣份，既然有緣份，又何妨問一問名姓？」

風四娘索性閉上嘴，她生怕一張嘴，就要指著史秋山的鼻子大罵出門。

——這個人實在是個「要命」書生，討厭得要命。

霍無病道：「婦道人家，總是不好意思跟男人通名道姓的。」

史秋山道：「我看她並不像害羞的樣子。」

王猛道：「不管怎麼樣，人家既然不願說，你又何必一定要逼著人家說？」

史秋山道：「我既然已問了，她又何必一定不肯說？」他眼睛又在盯著風四娘，沉著臉道：「你是不是不敢說？」

風四娘忍不住道：「不敢？我爲什麼不敢？」

史秋山冷冷道：「因爲你怕被我問出你的來歷。」

風四娘笑了，笑得並不嫵媚。

她是在冷笑：「一個搖船的女人，難道還會有什麼見不得人的來歷？」

史秋山也在冷笑，盯著她問道：「你真是個搖船的？」

風四娘道：「當然是。」

史秋山道：「我看你不像。」

風四娘道：「我哪點不像？」

史秋山道：「從頭到腳都不像。」

風四娘咬了咬牙，冷笑道：「我若不像搖船的，你說我像什麼？」

史秋山霍然長身而起，「刷」的，展開了手裡的摺扇，搖了兩搖。

風四娘的手也已握緊。

——男人的眼睛裡，若是帶著種不懷好意的微笑，她當然能看得出。

史秋山眼睛裡就帶著種不懷好意的微笑，他究竟想幹什麼？風四娘準備先發制人，不管他想幹什麼，先一腳把他踢下去再說。

幸好就在這時，後梢的沈璧君已在呼喚：「水月樓到了。」

風四娘轉過頭，燈光輝煌的樓船果然已在眼前，只要一聳身就可以跳過去，就算是個三百八十斤的人跳過去，那邊的船也絕不會翻的，甚至可能連搖都不會搖。

到了眼前，風四娘才看出這水月樓是條多麼大的樓船，既然是樓船，船艙當然有樓，樓上樓下的燈火都亮如白晝，絲竹管弦聲，是從樓上傳下來的，樓下卻聽不見人聲，人都聚在船頭。

船頭的甲板上，至少有三十個人，三五成群，聚在一起竊竊私議，卻聽不出在談論些什麼。

「這些人爲什麼不進船艙去？」

風四娘既不能問，也不便抬起頭去張望，只不過心頭更奇怪。

請客的人究竟是誰？爲什麼不請客人進去喝酒，卻要他們站在船頭喝風？

史秋山居然還在盯著她，注意著她臉上的表情，忽然問道：「你能不能跳過去？」

風四娘搖搖頭。

史秋山道：「你不想過去看看？」

風四娘又搖搖頭。

史秋山道：「你不後悔？」

風四娘忍不住道：「我爲什麼要後悔？」

史秋山笑了笑，道：「因爲這次請客的，是個大家都想看的人。」

風四娘道：「是誰？」

史秋山道：「蕭十一郎！」

廿四 水月樓之宴

蕭十一郎！

請客的人居然是蕭十一郎。

天宗的主人約了連城璧在這裡相見，他居然也在這裡請客。

這是巧合？還是他故意安排的？

他明明知道江湖豪傑們，十個人中至少有九個是他的對頭，爲什麼還要在這裡大開盛宴，把他的對頭們全都請來？

風四娘已怔住。

史秋山卻再也不睬她了，輕搖著摺扇，一下子就跳了過去。

霍無病和王猛也跳了過去。

船頭上的人立刻有一半迎了上來，史秋山的交遊本就很廣闊。

蕭十一郎，他的人在哪裡？爲什麼沒有出來迎客？

風四娘現在就已開始後悔了，她實在應該跟著上去看看的。

沈璧君已從後梢走過來，悄悄的問道：「你認得那個姓史的？」

風四娘道：「嗯。」

沈璧君道：「他是不是也認出了你？」

風四娘道：「好像是的。」

沈璧君遲疑著，又問道：「你想他會不會是故意在開你的玩笑？」

風四娘板著臉道：「他還不敢。」

沈璧君道：「那麼，在上面請客的人，難道真的是蕭……」

風四娘眼珠子轉了轉，道：「你在這裡替我把風，我從後面爬到船篷上去看看。」

水月樓不但遠比這條船大，也比這條船高。

風四娘伏在船篷上，還是看不見樓船上的動靜，可是樓下的船艙，和甲板上的人，她總算看清楚了。

三十個人裡面，她至少認得十四五個。

一個枯瘦矮小的白髮老者，正在和霍無病陪著笑寒暄。

風四娘認得他，正是南派形意門的掌門人，「蒼猿」侯一元。

這個人雖不能算是頂尖高手，在江湖中的輩份卻很高。

可是看他現在的表情，對霍無病反而顯得很尊敬。

霍無病的來歷，風四娘卻沒有想起來。

「霍先生的大名，老朽早已久仰得很。」侯一元正在陪著笑道：「只可惜老朽無緣，十餘年來，竟始終未能見到霍先生一面。」

霍無病冷冷道：「這十五年來，江湖中能見到我的人本就不多。」

侯一元道：「難道霍先生的蹤跡，已有十五年未入江湖？」

霍無病點點頭，道：「因爲我被獨臂鷹王一掌，打得在床上躺了十五年。」

風四娘幾乎跳了起來。

她終於想起這個人的來歷了。

昔年「先天無極派」的掌門人，中州大俠趙無極有個叫霍無剛的師弟，據說武功也很高，可是剛出道沒多久，就忽然下落不明。

這霍無病，想必就是霍無剛。

趙無極是在爭奪「割鹿刀」的一役中，死在蕭十一郎手裡的。

因爲這位「大俠」只不過是個徒有俠名的僞君子而已。

霍無病忽然出現，是不是想爲他師兄復仇來的？

獨臂鷹王雖也是護送割鹿刀入關的四大高手之一，其實卻只不過是被趙無極利用的工具，死得也很淒慘。

這其中的曲折，霍無病是不是知道？

——能真正明瞭江湖中恩怨的人，世上只怕還沒有幾個。

就連侯一元這樣的老江湖，都在無意中踩了霍無病的痛腳。

風四娘雖然看不見他的臉，也可以想像到現在他的臉一定很紅。

他當然沒法子再跟霍無病聊下去，正想找個機會溜之大吉。

誰知王猛卻拉住了他，道：「船艙裡有酒有肉，大伙兒爲什麼不進去吃喝，反而站在這裡喝酒？」

——這正是風四娘也想問的話。

侯一元卻沒有立刻回答這句話，對王猛，他顯然沒有對霍無病那麼客氣。

他畢竟也是一派宗主的身分，總不能隨便被個人拉住，就乖乖的有問必答。

王猛雖猛，卻不笨，居然也看出了他的冷淡，忽然瞪起了眼，道：「你只認得霍大哥，難道就不認得我？」

侯一元翻了翻白眼，冷冷道：「你是誰？」

王猛道：「我姓王，叫王猛，我也知道這名字你一定沒聽說過，因爲我本來是個和尚。」

侯一元道：「哦？」

王猛道：「我是被少林寺趕出來的。」

侯一元冷笑。

王猛忽然伸出手，指著自己的鼻子，道：「我就是少林寺裡面，那個幾乎把羅漢堂拆了的莽和尚，也就是那個被他們打了一百八十棍，還沒有打死的鐵和尚。」

侯一元的臉色變了。

看來他又踩錯了一腳，雖然沒有踩到別人，卻踢到一塊石頭，一塊又臭又硬的石頭。

無論誰一腳踢在這塊石頭上，就算腳還沒有破，也得疼上半天。

一身橫練，連少林家法都沒有打斷他半根骨頭的鐵和尚，他當然是聽見過的，風四娘也聽見過。

——這個蠻牛般的莽和尙，突然闖到這裡來，也是爲了對付蕭十一郎？

這次侯一元不等王猛再問，已嘆息著道：「那船艙裡並不是人人都能進去的。」

王猛道：「難道你們不是蕭十一郎請來的客人？」

侯一元道：「我們都是的。」

王猛道：「既然你們都是他的客人，爲什麼不能進去？」

侯一元遲疑著，苦笑道：「客人也有很多種，因爲每個人的來意都不同。」

王猛道：「你是來幹什麼的？」

侯一元道：「我是來作客的。」

王猛道：「作客的反而不能進去，要什麼人才能進去？」

侯一元道：「來殺他的人。」

王猛怔了怔，道：「只有來殺他的人，才能進去喝酒？」

侯一元道：「不錯。」

王猛道：「這是誰說的？」

侯一元道：「他自己說的。」

王猛突然大笑，道：「好！好一個蕭十一郎，果然是個好小子……」

他大笑著轉過身，邁開大步，就往船艙裡闖。

史秋山猛一把拉住了他。

王猛皺眉道：「我們不是來殺他的？」

史秋山道：「至少現在還不到時候。」

王猛道：「所以我現在還不能進去喝酒？」

史秋山道：「外面有這麼多朋友，你一個人進去有什麼意思？」

王猛雖然滿臉不情願的樣子，卻並沒有再往裡面闖。

史秋山說的話，他居然很服氣。

只不過他嘴裡還在嘀咕：「來殺他的人才能進去喝酒，好，好小子……你若不是真的有種，就一定是混蛋加八級。」

蕭十一郎，你究竟是個好小子，還是個混蛋呢？

風四娘也在問自己。

這句話她也不知道問過自己多少次了，每次她在問的時候，心裡總是又甜又苦。

船樓下忽然傳出一陣咳嗽聲，原來船艙裡並不是沒有人。

一個人正坐在裡面喝酒，也許是因爲喝得太快，所以在咳嗽。

——只有來殺他的人，才能進去喝酒。

這個人無疑是來殺他的。

是誰有這麼大的膽子，敢來殺蕭十一郎，而且居然敢承認？

風四娘當然想看看這個人。

她看不見。

這人背對著窗戶，始終沒有回頭。

風四娘只看見他身上穿著的，是件已洗得發白的藍布衣服，上面好像還有個補釘。

可是他的神情卻很悠閒，正剝了個螃蟹的鉗子，蘸著醋下酒。

他究竟是誰？

無論誰穿著這樣一身破衣服，等著要殺蕭十一郎，居然還能有這種閒情逸致，這個人一定是個很了不起的人物。

船頭上找不到蕭十一郎，船艙裡也看不到蕭十一郎。

他的人呢？

風四娘從篷上溜下來，就看見了沈璧君一雙充滿了焦慮的眼睛。

「你有沒有看見他？」

風四娘搖搖頭，道：「可是我知道他一定在那條船上。」

風四娘嘆了口氣，道：「因爲那種事只有他做得出。」

沈璧君道：「爲什麼？」

沈璧君又問：「什麼事？」

風四娘苦笑道：「他請了三四十個人來，卻只讓來殺他的人進去喝酒。」

沈璧君道：「他爲什麼要這麼樣做？」

風四娘道：「誰知道他爲什麼，這個人做的事，別人就算打破頭，也猜不透。」

其實她並不是真的不知道。

蕭十一郎這樣做，只不過因爲他知道來的人沒有一個不想殺他。

他想看看有幾個人敢承認。

蕭十一郎做的事，只有風四娘了解，這世上沒有人能比她更了解蕭十一郎。

可是她不願說出來。

尤其是在沈璧君面前，她更不能說出來。

她希望沈璧君能比她更了解蕭十一郎。

船樓上又有絲竹聲傳下來，沈璧君抬起頭，癡癡的看著那發亮的窗子，眼神又變得很奇怪。

風四娘知道她心裡在想什麼。

——他是不是在樓上？

——是不是有很多人在陪著他？

是誰在陪著他？

愛情爲什麼總是會使人變得猜疑妒忌？

風四娘在心裡嘆了口氣，忽然道：「我想到那條船上去看看。」

沈璧君道：「可是……史秋山豈非已經認出了你？」

風四娘道：「他既然已認出了我，我又何必再避著他？」

沈璧君沒有再說話。

風四娘的做法，她總是不太同意的，卻又偏偏沒法子反駁。

她們本是兩個絕不相同的女人。

她們的性格不同，對同一件事，往往會有兩種絕不相同的看法。

在風四娘的生命裡，從來也沒有「逃避」這兩個字，可是沈璧君……

沈璧君忽然道：「我也去。」

風四娘道：「你？」

沈璧君道：「你既然能去，我也能去。」

風四娘吃驚的看著她，眼睛裡卻又帶著欣慰的笑意。

沈璧君的確變了。

她好像已多了樣以前她最缺少的東西——勇氣。

這豈非正是每個人都需要的？

「我們去。」風四娘拉起了她的手：「我能去的地方，你當然也能去。」

風四娘跳上了船頭。

沈璧君也並沒有落後。

她的輕功居然很不錯，家傳的暗器手法更高妙，可是她跟別人交手，很少有不敗的時候。

這不是也因爲她以前太缺少勇氣？

一個人若是缺少了勇氣，就好像菜裡沒有鹽一樣，無論是樣什麼菜，都不能擺上桌子。

兩個船孃打扮的女人，忽然以很好的輕功身法跳到船上，大家當然都難免要吃一驚。

風四娘根本不理他們。

她最大的本事，就是她常常能將別人都當做死人。

她只向史秋山招了招手。

史秋山立刻搖著摺扇走過來，他一走過來，別人的眼睛就轉過去了。

史秋山認得的女人，還是少惹的好。

他這人本來就已夠要命的了，何況他身旁還有個打不死的鐵和尙。

史秋山道：「你果然來了。」

風四娘道：「嗯。」

史秋山笑了笑，道：「我就知道你會來的。」

風四娘道：「哦？」

史秋山道：「無論誰想要用易容來瞞過老朋友都不容易。」

風四娘道：「尤其是像你這樣的老朋友。」

史秋山笑得更愉快。

風四娘道：「所以你早就認出了我？」

史秋山點點頭，忽然又道：「可是我也有件事想不通。」

風四娘道：「你說。」

史秋山聲音很低，道：「蕭十一郎在這裡，你怎麼會不知道？」

風四娘沉下臉，冷冷道：「蕭十一郎在什麼地方，我爲什麼一定要知道，我又不是他的娘。」

史秋山又笑了。

風四娘道：「你是幹什麼來的，我也管不著。」

史秋山笑道：「你也不是我的娘。」

風四娘道：「我只不過要你替我做件事。」

史秋山道：「請吩咐。」

風四娘道：「我要你陪著我，我走到哪裡，你就跟到哪裡。」

史秋山看著她，好像覺得很意外，又好像覺得很愉快。

風四娘瞪了他一眼，悄悄道：「我只不過要你替我掩護一下而已，你少動歪腦筋。」

史秋山眼珠轉了轉，嘆了口氣道：「我就知道你找我不會有什麼好事的。」他一雙釘子般的小眼睛，忽然又盯住了風四娘身後的沈璧君：「她是誰？」

「你管不著。」風四娘道：「我只問你肯不肯幫我這個忙？」

史秋山道：「我不肯行不行？」

風四娘道：「不行。」

史秋山苦笑道：「既然不行，你又何必問我？」

風四娘也笑了，展顏笑道：「那麼你就先陪我到那邊去看看。」

史秋山道：「看什麼？」

風四娘道：「看看坐在裡面喝酒的那個人是誰？」

史秋山道：「你看不出的。」

風四娘道：「為什麼？」

史秋山道：「因為他臉上還蓋著個蓋子。」

臉上蓋著蓋子，當然就是面具。

只不過他的面具實在不像是個面具，就像是個蓋子。

因為這面具竟是平的，既沒有臉的輪廓，也沒有眼鼻五官，只有兩個洞。

洞裡有一雙發亮的眼睛。

他的神情本來很悠閒瀟灑，可是戴上個這樣的面具，就變得說不出的詭秘。

風四娘道：「你也看不出他是誰？」

史秋山搖搖頭，苦笑道：「他用的這法子，實在比易容術有效得多，就算他的老婆來了，一定也認不出他的。」

風四娘皺眉道：「他既然有膽子敢來殺蕭十一郎，為什麼不敢見人？」

史秋山道：「這句話你應該問他的，問出來再告訴我。」

風四娘道：「蕭十一郎呢？」

史秋山道：「這句話你就該去問蕭十一郎，我也……」

他的聲音忽然停頓，眼睛忽然盯住了船艙裡的樓梯。

一個人正從樓上施施然走下來。

一個豹子般精悍，駿馬般神氣，蜂鳥般靈活，卻又像狼一般孤獨的人。

他身上穿著件很寬大的黑絲軟袍，用一根緞帶繫住，上面斜插著一柄刀。

割鹿刀！

蕭十一郎終於出現了。

縱然是在人群裡，他看來還是那麼孤獨寂寞，甚至還顯得很疲倦。

可是他一雙眼睛卻像是天目山頭的兩潭寒水一樣，又黑、又深、又冷、又亮。

沒有人能找得出適當的話，來形容他這雙眼睛。

沒有看過他這雙眼睛的人，甚至連想都無法想像。

只要一看到這雙眼睛，風四娘心裡就會有種說不出的滋味。

那是甜？是酸？是苦？

別人既不能了解，她自己也分辨不出。

沈璧君呢？

看見了蕭十一郎，沈璧君心裡又是什麼滋味？

她們癡癡的站著，既沒有呼喚，也沒有衝進去。

因爲她們兩個人誰也不願先叫出來，誰也不願先表現得太激動。

因爲她們是女人，是已跌入愛情中的女人。

女人的心，豈非本就是微妙的？

何況，旁邊還有這麼多雙眼睛在看著。

蕭十一郎卻沒有看她們，也許根本就沒有注意到外面有這麼樣兩個人。

他正看著那臉上戴著蓋子的青衣人，忽然道：「你是來殺我的？」

青衣人點點頭。

蕭十一郎道：「你知道我在樓上？」

青衣人道：「嗯。」

蕭十一郎道：「你爲什麼不上去動手？」

青衣人道：「我不急。」

蕭十一郎也點點頭道：「殺人的確是件不能著急的事。」

青衣人道：「所以我殺人從不急。」

蕭十一郎道：「看來你好像很懂得殺人。」

青衣人冷冷道：「我若不懂殺人，怎麼能來殺你？」

蕭十一郎笑了。

可是他的眼睛卻更冷、更亮，盯著這青衣人，道：「你這面具做得好像不高明。」

青衣人道：「雖然不高明，卻很有用。」

蕭十一郎道：「你既然有膽子敢來殺我，爲什麼不敢以真面目見人？」

青衣人道：「因爲我是來殺人的，不是來見人的。」

蕭十一郎大笑，道：「好，好極了。」

青衣人道：「有哪點好？」

蕭十一郎道：「你是個有趣的人，我並不是常常都能遇見你這種人來殺我的。」他眼睛裡光芒閃動，忽又嘆了口氣，道：「只可惜這世上無趣的人太多了，無膽的人更多。」

青衣人道：「無膽的人？」

蕭十一郎道：「我至少準備了四十個人的酒菜，想不到只有你一個人敢進來。」

青衣人道：「也許別人並不想殺你。」

蕭十一郎冷笑道：「也許別人想殺我，卻不敢光明正大的進來，只想躲在暗中，鬼鬼祟祟的用冷箭傷人。」

這句話剛說完，外面已有個人衝了進來，黑鐵般的臉，鋼針般的鬍子。

「我叫王猛。」他平常說話就像大叫：「王八蛋的王，猛龍過江的猛。」

蕭十一郎看著他，目中露出笑意，道：「你是來殺我的？」

王猛道：「就算我本來不想殺你，現在也非殺不可。」

蕭十一郎道：「爲什麼？」

王猛道：「因爲我受不了你這種鳥氣。」

蕭十一郎大笑，道：「好，好極了，想不到又來個有趣的人。」

只聽外面有人在冷笑：「有趣的人雖多，無趣的人卻只有我一個。」

「誰？」

「我。」

一個人慢慢的走進來，面色蠟黃，全無表情，當然就是霍無病。

蕭十一郎道：「你這人很無趣？」

霍無病臉上還是連一點表情都沒有。

蕭十一郎嘆道：「你這人看來的確不像有趣的樣子。」

霍無病忽然道：「來殺你的人雖多，真正能殺了你的卻必定只有一個。」

蕭十一郎道：「有道理。」

霍無病道：「你若知道自己遲早會死在這個人手裡，又怎會覺得他有趣？」

蕭十一郎道：「這個人就是你？」

霍無病冷冷道：「這個人一定是我。」

蕭十一郎又笑了。

霍無病道：「但是我出手殺你之前，卻要先替你殺一個人。」

蕭十一郎道：「爲什麼？」

霍無病道：「因爲你已替我殺了一個人。」

蕭十一郎道：「誰？」

霍無病道：「獨臂鷹王！」

蕭十一郎道：「我若說他並不是死在我手裡的呢？」

霍無病道：「無論如何，他總是因你而死的。」

蕭十一郎道：「所以你一定也要替我殺一個人？」

霍無病道：「不錯。」

蕭十一郎道：「殺誰？」

霍無病道：「隨便你要殺誰都行。」

蕭十一郎嘆道：「看來你倒是個恩怨分明的人。」

霍無病冷笑。

蕭十一郎道：「你準備什麼時候殺我？」

霍無病道：「也隨便你。」

蕭十一郎道：「你也不急？」

霍無病道：「我已等了多年，又何妨再多等幾日。」

蕭十一郎道：「能不能等到月圓之後？」

霍無病道：「爲什麼一定要等到月圓之後？」

蕭十一郎微笑道：「若連西湖的秋月都沒有看過，就死在西湖，人生豈非太無趣？」

霍無病道：「今夜秋月將圓。」

蕭十一郎道：「所以你用不著等多久。」

霍無病道：「我等。」

王猛道：「只要這裡有酒，就算再多等幾天也沒關係。」

蕭十一郎又大笑，道：「好，將酒來。」

酒來了。

王猛快飲三杯，忽然拍案道：「既然有酒，不可無肉。」

有肉。

青衣人忽然也一拍桌子，道：「既然有酒，不可無歌。」

船樓上立刻有絲竹聲起，一個人曼聲而歌：

日日金杯引滿，

朝朝小圃花開，

自歌自舞自開懷，

莫教青春不再。

歌聲清妙，充滿了歡樂，又充滿了悲傷。

有歡樂，就有悲傷。

人生本就如此。

蕭十一郎仰面大笑：「大丈夫生有何歡，死有何懼，對酒當歌，死便無憾。」

樓上管弦聲急。

蕭十一郎忽然抽刀而起，隨拍而舞。

一時間只見刀光霍霍，如飛鳳游龍，哪裡還能看得見他的人。

船頭上的人都已看得癡了，最癡的是誰？

沈璧君？

風四娘？

最癡的若不是她，她怎會熱淚盈眶？

——他還沒有看見我。

——史秋山能認出我來，他爲什麼不能？

——是不是因爲他根本沒有注意到這裡有我們這樣兩個人？

——是不是因爲他從不注意別的女人？

風四娘本不是這麼樣的女人。

她心裡又欣慰，又失望，竟已忘了問自己，爲什麼不去見他？

風四娘也變了。

是不是從那天晚上之後才改變的？

是不是因爲經過了那難忘的一夜後，她才變成個真正的女人？

閃動的刀光，使目光也變得黯淡了。

刀光照在她臉上。

她竟沒有發現，沈璧君正在看著她，看著她的眼睛。

看著她的眼睛裡甜蜜和酸楚，歡慰與感傷。

——沈璧君心裡又在想什麼？

忽然間，一聲龍吟，飛入九霄。

月色又恢復了明亮。

刀已入鞘。

蕭十一郎舉杯在手，神色忽然變得很平靜，就好像什麼事都沒有發生過。

王猛卻已滿頭大汗，汗透重衣。

他從來也沒有看見過那樣的刀，更沒有看見過那樣的刀法。

——那真的只不過是一把刀？

——那真的只不過是一個人在舞刀？

王猛一把抓起桌上的金樽，對著嘴喝下去，長長吐出口氣，才發現對面已少了一個人。

霍無病蠟黃的臉上，雖然還是全無表情，卻在悄悄的擦了擦汗。

王猛看著他，指了指對面的空位。

霍無病搖搖頭。

誰也沒有看見這青衣人是什麼時候走的？從什麼地方走的。

船在湖心，他能走到哪裡去？

也不知是誰忽然叫了起來：「你們看那條船。」

那條船就是風四娘他們搖來的渡船，本來用繩子繫在大船上。

——風四娘雖然粗心大意，沈璧君卻是個很仔細的人，她來的時候，也將渡船的纜纜帶了過來，繫在水月樓的欄杆上。

現在繩子竟被割斷了，渡船正慢慢的向湖岸邊盪了過去。

「那小子一定在船上。」

「我去找他。」

「找他幹什麼？」

「我要看看這位虎頭蛇尾的仁兄，究竟是個什麼樣的人，再問問他爲什麼要開溜？」

說話的人精壯剽悍，滿臉水霧，正是太湖中的好漢「水豹」章橫。

他正想縱身跳過去，忽然看見一個人背負著雙手，施施然從船舫旁走過來，居然就是那個神秘的青衣人。

他居然並沒有溜走。

章橫怔住。

每個人全都怔住。

青衣人本已準備走入船艙，看了那條渡船一眼，忽然回過身，吸氣作勢，伸出雙手，向湖心凌空抓了幾抓。

那條船本已溜入湖心，被他這樣憑空一抓，竟赫然又慢慢的溜了回來。

這青衣人的手上，竟像是在帶動著一條看不見的繩索。

章橫的臉色變了。

每個人的臉色都變了。

好久沒有出聲的形意掌門侯一元，忽然深深吸了口氣，失聲道：「莫非這就是傳說中的，重樓飛血，混元一炁神功？」

這句話說出來，大家更吃驚。

青衣人卻連看都沒有看他們一眼，背負著雙手，施施然走入了船艙，在原來的位置上坐下，向蕭十一郎舉了舉杯，道：「好刀法。」

蕭十一郎也舉了舉杯，道：「好氣功。」

青衣人一飲而盡，道：「好酒。」

蕭十一郎道：「刀法好，氣功好，酒也好，有沒有不好的？」

青衣人道：「有。」

蕭十一郎道：「什麼不好？」

青衣人道：「刀已出鞘，卻未見血，不吉。」

蕭十一郎神色不變道：「還有呢？」

青衣人道：「氣馭空船，徒損真力，不智。」

蕭十一郎道：「還有沒有？」

青衣人道：「杯中有酒，耳中無歌，不歡。」

蕭十一郎大笑，道：「好一個不吉，不智，不歡……今日如不盡歡，豈非辜負了這金樽的美酒？」

他揮了揮手，樂聲又起。

樓船上歌聲傳下，如在雲端。

這是風四娘第三次聽見這黃鶯般的少女的歌聲了，她終於聽出了這少女的聲音。

冰冰！

一定是冰冰。

蕭十一郎居然已找到了她。

風四娘心裡又泛起奇怪的滋味，也不知是歡喜?還是難受。

就在這時，沈璧君忽然悄悄的拉了拉她衣角，她立刻把耳朵湊過去：「什麼事？」

沈璧君的聲音更低：「這個人不是剛才那個人。」

「什麼人？」

「穿青衣的人。」

風四娘聳然動容。

沈璧君又道：「他剛穿的衣服，戴的面具雖然一樣，可是人已換了。」

風四娘道：「你看得出？」

沈璧君道：「嗯。」

風四娘道：「兩個人有什麼地方不同？」

沈璧君道：「這個人的手小些，指甲卻比剛才那個人長一點。」

風四娘道：「你有把握能確定？」

問出了這句話，她已知道是多餘的，她本已很了解沈璧君這個人。沒有把握的事，沈璧君絕不會說出來。

——這青衣人爲什麼要半途換人？

——除了要殺蕭十一郎外，難道他還有別的圖謀？

風四娘忍不住又問道：「你看不看得出他是什麼人？」

沈璧君道：「看不出。」

風四娘道：「我也看不出，可是我應該能猜得出。」

沈璧君道：「爲什麼？」

風四娘道：「能練成這種氣功的人，江湖中絕不多。」

沈璧君沉吟著，道：「也許他這氣功也是假的。」

風四娘道：「假的？」

沈璧君道：「他們既然有兩個人，另外一個就可以在水裡把船推回來。」

風四娘道：「因爲他們本就想故弄玄虛，掩人耳目。」

沈璧君道：「嗯。」

風四娘道：「但侯一元卻是個老江湖，他怎麼會連一點破綻都看不出？」

沈璧君道：「可能他也是跟他們串通好了的。」

風四娘怔住。

她忽然發現沈璧君不但已變得更有勇氣，也變得更聰明了。

——智慧豈非也像是刀一樣，受的折磨愈多，就被磨得愈鋒利。

突聽「繃」的一聲，琴聲斷絕，歌聲也停止。

是琴弦斷了，四下忽然變得連一點聲音也沒有。

也不知過了多久，青衣人才慢慢道：「弦斷琴寂，不吉。」

蕭十一郎霍然長身而起。

青衣人道：「斷弦難續，定要續弦，不智。」

蕭十一郎又慢慢的坐了下去。

青衣人道：「客已盡興，當散不散，不歡。」

蕭十一郎看著他，冷冷道：「多言賈禍，言多必失，不吉也不智。」

青衣人道：「是。」

他果然閉上了嘴，連眼睛都已閉了起來。

蕭十一郎舉杯，放下，意興也變得十分蕭索，忽又長身而起，道：「要走的不妨走，要留下的也不妨留下，我醉欲眠，我已醉了。」

突聽一個人冷冷道：「我已來了，你不能醉。」

廿五 白衣客與悲歌

船艙裡沒有人說話。

船頭上也沒有人開口。

絕沒有！

這聲音是從什麼地方來的？

聲音是從湖上來的。

湖上水波粼粼，秋月高掛天畔，人在哪裡？

在遠處。

四十丈外，有一盞孤燈，一葉孤舟，一條朦朦朧朧的人影。

人雖在遠處，可是他說話的聲音，卻好像就在你的耳邊。

能以內力將聲音遠遠的傳過來，並不能算是件十分奇怪的事。

奇怪的是，蕭十一郎在這裡說話，他居然也能聽見，而且聽得很清楚。

這人是誰。

大家還沒有看清楚。

這一葉孤舟就像是一片浮萍，來得很慢很慢……

蕭十一郎也已看見了這湖上的孤舟，舟上的人影。

他忽然笑了笑，道：「你來了，我也不能醉？」

聲音聽來並不大，卻一定也傳送得很遠。

回答只有兩個字：「不能。」

「為什麼？」

「有客自遠方來，主人怎能醉？」

「遠方是何方？」

「虛無縹緲間，雲深不知處。」

蕭十一郎沒有再問下去，因為孤舟已近了，燈光已近了。

他已看見了燈下的人。

一個白衣人，幽靈般的白衣人，手裡還挑著條白幡。

是不是招魂的白幡？

他要來招的，是誰的魂魄？

那一葉孤舟居然也是白的，彷彿正在緩緩的往下沉。

站在最前面的章横一張臉忽然扭曲，忽然失聲大叫了起來：「鬼……來的不是人，是鬼！」

他一步步向後退，突然倒下。

這縱橫太湖的水上豪傑，竟被嚇得暈了過去。

沒有人去扶他。

每個人都已僵在那裡，每個人手裡都捏著把冷汗，連指尖都已冰冷。

現在大家才看清楚，這白衣人坐來的船，竟赫然是條紙船。

在人死七期，用來焚化給死人的那種紙船。

風四娘臉色也變了。

「……來的不是人，是鬼！」

若是個有血有肉的活人，怎麼會用這樣一條紙船渡湖？

「虛無縹緲間，雲深不知處。」

莫非他真的是陰冥鬼域，九幽地府？

這世上真的有鬼嗎？風四娘不信。

她從不相信這種虛妄荒誕的事，她一向是個很有理智的女人。

她只相信一件事。

——無論「他」是人是鬼，都一定很可怕。

——無論他來自什麼地方，卻很可能是來殺蕭十一郎的。

秋夜的清風很輕。

一陣清風，輕輕的吹過水波，那條紙船終於完全沉了下去。

可是船上的人並沒有沉下去。

人已到了水月樓。

水月樓頭燈光輝煌，在輝煌明亮的燈光下，大家才看清了這個人。

他並不太高，也並不太矮，頭髮已白了，卻沒有鬍子。

他的臉也是蒼白的，就像是剛被人打過一拳，又像是剛得過某種奇怪的病症，眼睛、鼻子、嘴，都已有些歪斜，似已離開了原來的部位，又像是戴著個製作拙劣的面具。

這樣一張臉，本該是張很滑稽的臉。

可是無論誰看見他，都絕不會覺得有一點點可笑的意思，只會覺得發冷。

從心裡一直冷到腳底。

這是因爲他的眼睛。

他有眼睛，可是沒有眼珠子，也沒有眼白，他的眼睛竟是黃的。

完完全全都是黃的，就好像有人挖出了他的眼睛，再用黃金塡滿。

——有誰看過這麼樣一雙眼睛？

——若有人看過，我保證那人一定永生也不會忘記。

他手裡拿著的，倒不是招魂的白幡，而是個賣卜的布招。

上面有八個字：「上洞蒼冥，下澈九幽。」

原來他竟是個賣卜瞎子。

每個人都鬆了口氣，不管怎麼樣，他畢竟是人，不是鬼。

可是大家卻忘了一件事。

——這世上有些人比鬼還可怕得多。

蕭十一郎又坐下。

這瞎子無論是不是真的瞎子，至少絕不是個普通的瞎子。

一個瞎子若是坐著條死人用的紙船來找你，他找你當然絕不會有什麼好事。

你當然用不著站在外面迎接他。

何況，只要能坐著的時候，蕭十一郎總是很少站著的。

瞎子已慢慢的走過來，並沒有用布招上的那根竹竿點地。

但他卻無疑是個真的瞎子。

瞎子總有些跟平常人不同的特徵，蕭十一郎能看得出。

——他既然是瞎子，怎麼能自己走過來？

——是不是因為船艙裡明亮的燈光，他能感覺得到？

——瞎子的感覺，豈非也總是要比平常人敏銳些？

船頭上的人，都慢慢的避開，讓出了一條路。

瞎子走得很慢，步子卻很穩，既沒有開口問別人路，更沒有要人扶持。

他穿過人群時，就像是個不可一世的帝王，穿過伏拜在他腳下的臣屬。

蕭十一郎從來也沒有看見過像他這麼驕傲的瞎子，就算他還有眼睛，也一定不會將這些人看在眼裡。

假如他還有眼睛能看，世上也許根本就沒有能叫他看在眼裡的人。

他這一生中，想必有很多能讓他自己覺得驕傲的事。

那究竟是些什麼事？

一個人的生命中，若是已有過很多足以自傲的事，別人非但能看得出，一定也聽說過的。

一個行動像他這麼怪異，武功像他這麼高明的人，別人更不會不知道。

江湖中人的眼睛，就像是鷹，鼻子就像是獵犬。

船頭上這些人，全都是老江湖了，卻沒有一個認得他。

連風四娘都沒有見過他。

可是她心裡卻忽然有了種不祥的預兆。

不管這瞎子是什麼人，不管他是爲什麼而來的。

他帶來的卻只有死亡和災禍。

船艙的門外，懸著四盞宮燈。

瞎子已走到燈下。

蕭十一郎忽然道：「站住。」

瞎子就站住，站得筆直。

縱然在這麼明亮的燈光下，他全身上下還是看不出有一點灰塵污垢。

蕭十一郎也從來都沒有看見過這麼乾淨的瞎子。

瞎子在等著他開口。

蕭十一郎道：「你知道這是什麼地方？」

瞎子搖搖頭。

蕭十一郎道：「你知道我是誰？」

瞎子又搖搖頭。

蕭十一郎道：「那麼你就不該來的。」

瞎子道：「我已來了。」

蕭十一郎道：「來幹什麼？」

瞎子道：「我是個瞎子。」

蕭十一郎道：「我看得出。」

瞎子道：「瞎子總能聽見很多別人聽不見的事。」

蕭十一郎道：「你聽見了什麼？」

瞎子道：「歌聲。」

蕭十一郎道：「你知不知道這裡是西湖？」

瞎子點頭。

蕭十一郎道：「這裡到處都有歌聲。」

瞎子道：「但是我剛才聽見的歌聲卻不同。」

蕭十一郎道：「不同？」

瞎子道：「跟別的歌聲不同。」

蕭十一郎道：「有什麼不同？」

瞎子道：「有的歌聲悲傷，有的歌聲歡樂，有的歌聲象徵幸福平靜，也有的歌聲充滿激動憤怒。」他面對著蕭十一郎，慢慢的接著道：「你若也像我一樣是個瞎子，你就會從歌聲中聽出很多奇怪而有趣的事。」

蕭十一郎道：「剛才你聽出了什麼？」

瞎子道：「災禍。」

蕭十一郎的拳已握緊。

瞎子道：「暴風雨來臨前的風聲一定和平時的風聲不同，野獸在臨死前的呼叫也一定和平時兩樣。」他歪斜奇絕的臉上，帶著種神秘的表情，慢慢的接著道：「一個人若是有災禍要發生時，她的歌聲中一定也會有種不祥的預兆，我聽得出。」

蕭十一郎臉色變了。

瞎子道：「災禍也有大有小，小的災禍，帶給人的最多只不過是死亡，大的災禍，卻往往會牽連到很多無辜的人。」

蕭十一郎道：「你不怕被牽連？」

瞎子道：「現在我只不過想來看看。」

蕭十一郎道：「看什麼？」

瞎子道：「看看那位唱歌的姑娘。」

一個瞎子，坐著條殯葬用的紙船，來「看」一個素不相識的陌生人。

——你有沒有聽過這麼荒謬的事？

蕭十一郎聽見了，卻沒有笑。

瞎子也沒有笑。

無論誰都看得出，他絕不是在說笑。

蕭十一郎盯著他，道：「你是個瞎子？」

瞎子點頭。

蕭十一郎道：「瞎子也能看得見？」

瞎子道：「瞎子看不見。」他忽然笑了笑，笑得淒涼而神秘：「別人都能看見的，瞎子都看不見。」

他笑的時候，臉上的眼鼻五官，彷彿又回到原來的部位。

在這一瞬間，蕭十一郎忽然有了種奇怪的感覺，覺得自己彷彿看過這個人，這張臉。

但他卻偏偏想不起這個人是誰。

瞎子又道：「可是瞎子卻往往能看見一些別人看不見的事。」

蕭十一郎道：「譬如說，災禍？」

瞎子點點頭，道：「所以我想來看看，那究竟會是什麼樣的災禍。」

蕭十一郎笑了。

瞎子道：「你在笑？」

蕭十一郎笑出了聲音。

瞎子道：「災禍並不可笑。」
蕭十一郎道：「我在笑我自己。」
瞎子道：「爲什麼？」
蕭十一郎道：「因爲我從來也沒有聽見過這麼荒唐的事，但我卻偏偏被你打動了。」

蕭十一郎居然也有被人打動的時候，居然是被這麼樣一個人，這麼樣一件事打動的。
假如在平時，風四娘一定已忍不住笑了出來。
現在她卻不敢笑，也笑不出。
——她也已看出這不是件可笑的事，絕不是。
沈璧君又在她耳畔低語：「唱歌的是冰冰？」
「嗯。」
「你說冰冰病得很重，而且是種治不好的絕症？」
「嗯。」
沈璧君輕輕吐出口氣，道：「難道這瞎子真能從她歌聲中聽出來？」
風四娘沒有回答。
她不能回答。
這件事實在太荒謬，太不可思議，卻又偏偏是真的。
過了很久，她也輕輕吐出口氣：「我只希望他莫要再看出別的事。」

現在他們的災禍已夠多了。

——除了災禍外，一個瞎子還能看得出什麼？

有人說風四娘很兇，有人說風四娘很野。

有人認為她說話像個男人，喝起酒來比得上兩個男人。

但卻沒有人說她不美的。

她本來就是個美人。

一個像她這樣的美人，本來絕不會承認別的女人比自己更美的。

風四娘卻例外。

她一直認為沈璧君是真正的美人，沒有任何人的美麗能比得上沈璧君。

可是現在她的想法不同了，因為她又看見了一個真正的美人——

——冰冰。

她本來一直認為沈璧君是個女人中的女人，全身上下每分每寸都是女人。

現在她卻發現，冰冰這個女人有些地方連沈璧君也比不上。

冰冰的美也許並不是人人都能欣賞，都能領略得到的。

她美得脆弱而神秘，美得令人心疼。

若說沈璧君艷麗如牡丹，清雅如幽蘭，風四娘就是朵帶刺的玫瑰。

冰冰卻只不過是朵小花而已——一朵不知名的小花。

——風雨過後，夕陽滿天，你漫步走過黃昏時的庭園。

——飽受風雨摧殘的庭園，百花都已凋零，但你卻忽然發現高牆下還有一朵不知名的小花迎風搖曳在夕陽下。

那時你心裡會有什麼感受？

你看見冰冰時，心裡就會有那種感受。

尤其是現在——

她已從船樓上走下去，被人攙扶著走了下來，她的臉蒼白而憔悴。

她並沒有捧著心，也沒有皺著眉。

根本用不著作出任何姿態，就這麼樣靜靜的站，她的美已足以令人心碎。

瞎子就站在她面前，「看」著她，一雙蠟黃的眼睛，還是空空洞洞的。

他當然並不是用眼睛去看，他是不是真的能看出一些別人看不見的事？

蕭十一郎忍不住問道：「你看出了什麼？」

瞎子沉默著，又過了很久，才緩緩道：「我看見了一片沼澤，絕谷下的沼澤，沒有野獸，沒有樹木，沒有生命……」他臉上忽然發出了光，接著道：「可是這片沼澤裡卻有個人，是個女人。」

——他說的難道就是「殺人崖」絕谷下的那片沼澤？

——他看見的女人莫非就是被天公子推入絕谷下的冰冰？

——他怎麼能「看」得見？

——他若看不見，又怎麼會知道這件事？

蕭十一郎深深吸了口氣，道：「你還看見了什麼？」

瞎子的聲音彷彿夢囈：「我看見這個女人正在往上爬，我看得出她有病，病得很重……」

「她好像已快跌下去，但卻忽然有一隻手伸出來，把她拉了上去。」

「那是隻男人的手。」

「現在這隻手上，卻握著柄形狀很奇特的刀，女人正在他身旁唱歌……」

「可是琴弦忽然斷了，她也倒了下去。」

蕭十一郎立刻打斷了他的話，道：「唱歌的女人，就是在沼澤中的女人？」

瞎子道：「是的。」

蕭十一郎道：「你憑哪點看出來的？你能看見她的臉長得是什麼樣子？」

瞎子遲疑著，道：「我看不見她的臉，但我卻看得出她左股上有一個青色的胎記，比巴掌還大些，看來就像是一片楓葉。」

他的話還沒有說完，冰冰的臉色已變了，就彷彿忽然已被人推下了萬丈絕谷，美麗的眼睛裡充滿了驚訝和恐懼。

她本不是那種很容易就會受到驚嚇的女人，她的軀殼雖脆弱，卻有比鋼鐵還堅強的意志。

所以她才能活到現在。

——現在她爲什麼會如此恐懼？

——難道她身上真的有那麼樣一塊青記？

瞎子臉上又露出那種詭秘的微笑，喃喃道：「我果然沒有看錯，我知道我絕不會看錯的……」

他慢慢的轉過身，好像要往外走，可是他手裡的竹杖，卻突然毒蛇般向冰冰的咽喉刺了過去。

冰冰沒有動，沒有閃避。

她整個人都似已因恐懼而僵硬，連動都不能動了。

幸好她身旁還有個蕭十一郎！

瞎子這一著出手，除了蕭十一郎外，絕沒有第二個人能救得了她。

船頭上的人都是江湖中的一流高手，船艙裡的人更是高手中的高手。

每個人都看得清清楚楚，瞎子手裡的這根竹杖，已點在冰冰咽喉上，只要再用一分力氣，冰冰的咽喉就要被洞穿。

可是冰冰的咽喉並沒有被洞穿，瞎子這最後一分力氣並沒有使出來。

是什麼力量阻止了他？

沒有人看得出，只有瞎子自己能感覺得到。

他忽然感覺到一股無法形容的壓力，已到了他肋下。

他的力量若不撤回，自己肋下的八根肋骨就要完全被壓斷。

大家看見他的竹杖點在冰冰咽喉上時，他的人已退出七尺。

大家看見他往後退時，蕭十一郎已站在船艙門口，阻住了他的去路。

割鹿刀，猶在鞘。

可是殺氣卻已逼人眉睫。

瞎子也轉過身，又面對著蕭十一郎，歪斜的臉冷如秋霜。

他當然也能感覺到這種殺氣。

只有一個已殺過無數人，而且正準備要殺人的人，身上才會帶這種殺氣。

他知道面前這個人絕不會讓他再活著走出去。

蕭十一郎忽然道：「你殺錯人了。」

瞎子道：「哦？」

蕭十一郎道：「到這裡來的人，本該殺我的。」

瞎子道：「你要我殺你？」

蕭十一郎道：「非殺不可。」

瞎子道：「爲什麼？」

蕭十一郎道：「因爲你已在這裡。」

瞎子道：「也因爲你想殺我？」

蕭十一郎並沒有否認。

瞎子又在笑，淡淡笑道：「其實就算要我不殺你，你還是一樣可以殺我。」

看到他微笑的臉，蕭十一郎心裡忽然又有了那種奇怪的感覺。

——我一定見過這個人，一定見過。

但他卻偏偏想不出這個人是誰。

這是爲什麼？

他決心一定要找出原因來。

他的手已握住刀柄。

殺氣更強烈。

瞎子道：「我說過，我雖然是個瞎子，卻能看見一些別人看不見的事。」

蕭十一郎道：「現在你看見了什麼？」

瞎子道：「我又看見了那隻手，手裡又握住了那柄刀。」

蕭十一郎並不意外。

他手裡當然有刀，無論誰都能想得到。

瞎子道：「我也看得出你一定要殺了我。」

蕭十一郎冷笑。

瞎子道：「若是在兩年前，你會讓我走的，可是現在你已變了。」

蕭十一郎立刻追問：「兩年前你見過我？」

瞎子淡淡的道：「不管我兩年前有沒有看見過你，現在我卻能看得出，兩年前你絕不是這麼樣的一個人。」

蕭十一郎道：「你還能看見什麼？」

瞎子道：「我看見了一灘血，血裡有一隻斷手，手裡有一柄刀。」

蕭十一郎道：「你看得出那是誰的血？」

瞎子道：「是誰的？」他笑得更詭秘，慢慢的接著道：「是你的血，你的手，你的刀。」

蕭十一郎大笑。

瞎子道：「死並不可笑。」

蕭十一郎道：「這次我笑的是你。」

瞎子道：「爲什麼？」

蕭十一郎道：「因爲這次你看錯了。」

割鹿刀，猶在鞘。

刀雖未出鞘，殺氣卻更強烈。

瞎子慢慢的放下了他右手的白布招，突然淩空翻身，右手竹杖刺出。

竹杖是直的，直而硬。

可是他這一招刺出，又直又硬的竹杖卻像是在不停的扭曲顫動著。

這根竹竿竟像是已變成了一條蛇。

毒蛇！

活生生的毒蛇。

蕭十一郎第一次看見毒蛇，是在他六歲的時候，他看見的是條活生生的響尾蛇。

那是他第一次被蛇咬，也是最後一次。

以後他只要用眼角一瞥，就能分辨得出三十種以上的毒蛇。

他對牠們只有一種法子——一棒打在牠的七寸要害上。

他從未失手過。

可是他看不出這條「毒蛇」的七寸要害在哪裡。

這瞎子手裡的毒蛇，遠比他見過的任何一種毒蛇都危險。

除了「逍遙侯」天公子外，這瞎子竟是他生平未遇過的最可怕的對手。

他知道自己必須鎮定。

竹杖毒蛇般刺來，他居然沒有動。

不動遠比動更困難，也比動更巧妙。

——他爲什麼不動？

——不動是什麼意思？

不動就是動！

——這豈非也正是武功中最奧妙之處？

瞎子一招實招，忽然變成了虛招，一條竹杖，忽然變幻成十七八條。

沒有人能分得出哪一條杖影是實，哪一條是虛？

動極就是不動。

竹杖的影子，就像是已凝結成一片幻影，一片虛無的光幕。

蕭十一郎卻動了。

他身子忽然移開了八尺。

就在這時「篤」的一響，竹杖已點在船艙的木板上。

只聽「篤，篤，篤」，響聲不絕，木板上已多了十七八個洞。

那十七八條虛無的影子，竟完全都是致命的殺手。

蕭十一郎不由自主吐出口氣，竹杖忽然淩空反打，橫掃過來。

他佔的本是最安全的部位，誰知道這瞎子的手臂，竟也像毒蛇般可以隨意扭曲。

蕭十一郎大仰身，鐵板橋，足尖斜踢。

這一著看來完全沒有什麼巧妙，誰也想不到瞎子手裡的竹杖竟被他踢得飛了出去。

瞎子也想不到。

他身子驟然迴旋，將中下盤所有的空門一起封住，左掌爭切蕭十一郎的足踝。

可是蕭十一郎的腳也在地上，站得四平八穩，右拳已擊出，猛擊瞎子的鼻樑。

這一著更平實普通。

無論誰都認爲瞎子一定很容易就能閃避得開。

瞎子自己也認爲如此。

誰知就在他自己認爲已閃開了時，左頰突然一陣劇痛。

蕭十一郎這平實普通的一拳，居然還是打在他臉上。

瞎子凌空翻身，衣袂獵獵飛舞，身子陀螺般在空中旋轉不停。

普通情況之下，只有一個人能使得出這種身法。

蕭十一郎知道這個人是誰。

冰冰也知道。

兩個人臉色全都變了，就像是忽然看見個鬼魂在他們面前凌空飛舞。

就在這一刹那間，旋轉不停的人影，已穿窗而出，飛了出去。

只聽瞎子尖銳奇異的笑聲遠遠傳來：「好功夫，看來你武功又比兩年前精進了許多，只可惜……」

這句話沒有說完，忽然「噗通」一響。

明月在天，湖面上漣漪迴盪，瞎子的人卻已看不見了。

冰冰臉色蒼白，似已將暈倒。

蕭十一郎握住了她的手，兩個人的手同樣冰冷。

艙裡艙外，沒有人開口，甚至連呼吸聲都聽不見。

也不知過了多久，王猛忽然長長嘆了口氣，道：「果然是好身手。」

沒有人能否認這句話。

每個人都看得出，瞎子那出手三招，無一不是奇詭莫測，變化無方的絕招。

江湖中能抵擋他一招的人已不多，蕭十一郎卻擊敗了他。

蕭十一郎使出來的招式，看來雖平凡得很，但卻極迅速，極準確，極有效。

每個人心裡都在問自己。

——我能接得住他幾招？

武功的真意，並不在奇幻瑰麗，而在「有效」。

這道理又有幾人明白？幾人能做到？

廿六　迷情

月下的西湖，總是溫柔而嫵媚的，無論什麼事，都永遠不能改變她。

就好像也沒有人能真的改變風四娘一樣。

風四娘的心還在跳，跳得很快。

她的心並不是因為剛才那一戰而跳的，看到蕭十一郎扶著冰冰上樓，她的心才跳了起來。

她畢竟是個女人。

無論多偉大的女人，總是個女人。

她可以為別人犧牲自己，但她卻無法控制自己的情感。

這世上又有誰能控制自己的情感？

沈璧君心裡又是什麼滋味？

風四娘勉強笑了笑，輕輕的道：「你若認得冰冰，你就會知道她不但是個很可愛的女孩子，而且很可憐。」

沈璧君遙視著遠方，心也似在遠方，過了很久才垂下頭：「我知道。」

「我們現在就上去找她好不好？」

沈璧君遲疑著，沒有回答。

風四娘也沒有再問，因爲她忽然發現王猛已走出船艙，正向她們走過來。

她希望他不是來找她們的，王猛卻已走到她面前，眼睛還在東張西望。

風四娘忍不住問：「你找什麼？」

王猛道：「我們的老二。」

風四娘回過頭，才發現史秋山早已不在她身後。

剛才被青衣人招回的渡船，現在又已盪入了湖心，船頭上的人，至少已有一半走了。

剩下來的人，有的倚著欄杆假寐，有的正在喝著酒。

酒菜卻不知是主人爲他們準備的，還是他們自己帶來的。

「史老二呢？」王猛又在問。

「我怎麼知道。」風四娘板著臉，冷冷道：「史秋山又不是個要人照顧的孩子，你們又沒有把他交給我。」

王猛怔了怔，喃喃道：「難道他會跟別人一起走了？」

風四娘道：「你爲什麼不進去看看？」

王猛道：「你呢？」

風四娘道：「我有我的事，你管不著。」

她忽然拉起了沈璧君的手，衝入船艙。

現在她已很了解沈璧君，她知道沈璧君這個人自己總是拿不定主意的。

但她卻有很多事卻非得問個清楚不可，她早已憋不住了。

王猛吃驚的看著她們闖入船艙，忍不住大聲問：「難道你們也是來殺蕭十一郎？」

風四娘沒有回答這句話，他身後卻有個人道：「縱然天下的人都要殺蕭十一郎，她們兩個人卻是例外的例外。」

王猛霍然回頭，就看見了侯一元枯瘦乾癟的臉。

「為什麼她們是例外？」王猛道：「你知道她們是誰？」

侯一元眼睛裡帶著狡猾的笑意，道：「若是我人不老眼不花，剛才跟你說話的那個女人，一定就是風四娘。」

王猛嚇了一跳。

——有很多人聽見風四娘這名字都會嚇一跳的。

侯一元道：「你也聽說過這個女人？」

王猛道：「你怎麼認出她的？」

侯一元笑了笑，道：「她雖然是個有名難惹的女人，可是她的武功並不高，易容術更差勁。」

王猛道：「還有個女人是誰？」

侯一元道：「我看不出，也想不出有什麼女人肯跟那女妖怪在一起。」

王猛道：「你看見史老二沒有？」

侯一元點點頭，道：「剛才還看見的。」

王猛道：「現在他的人呢？」

侯一元又笑了笑，道：「若連風四娘都不知道他在哪裡，我怎麼會知道？」

他笑得實在很像是條老狐狸。

王猛道：「他有沒有在那條渡船上？」

侯一元搖搖頭，道：「我沒有看見他上去。」

王猛皺起了眉，道：「那麼大的一個人，難道還會忽然失蹤了不成？」

侯一元悠然道：「據我所知，跟風四娘有來往的人，有很多都是忽然失蹤了的。」

王猛瞪著他，厲聲道：「你究竟想說什麼？」

侯一元微笑道：「船在水上，人在船上，船上若沒有人，會到哪裡去呢？」

王猛忽然衝過去，一個猛子扎入了湖水。

侯一元嘆了口氣，喃喃道：「看來這個人並不笨，這次總算找對地方了。」

船樓上的地方比較小。

小而精緻。

燭台是純銀的，燭光混合了窗外的月光，也像是純銀一樣。

蕭十一郎木立在窗前，遙視著遠方的夜色，夜色中的朦朧山影，也不知在想些什麼。

——他是不是又想起了那可怕的殺人崖？

冰冰看不見他的臉色，卻似已猜出了他的心事。

她一直都沒有驚動他。

他在思索的時候，她從來也沒有驚擾過他。

現在她自己心裡也有很多事要想，一些她想忘記，都忘不了的事。

一些可怕的事。

她眼睛裡的驚懼還沒有消失，她的手裡是冰冷的，只要一閉起眼睛，那瞎子歪斜詭異的臉，就立刻又出現在她眼前。

天地間一片靜寂，也不知過了多久，樓下彷彿有人在大聲問話。

她沒有聽清楚是在問什麼話，卻看見兩個人衝了上樓。

兩個船孃打扮的女人。

她幾乎立刻就認出了其中有一個是風四娘。

風四娘也在盯著她道：「你身上真的有塊青色的胎記？」

這就是風四娘問的第一句話。

每個人都聽見了風四娘問的這句話，又有誰知道沈璧君想說的第一句話是什麼？

——她心裡也不知有幾千幾萬句話要說。

可是她一句都沒有說出來。

——她是不是想衝過去，衝到蕭十一郎面前，投入他懷抱裡？

但她卻只是垂著頭，站在風四娘身後，連動都沒有動。

冰冰並沒有回答風四娘那句話。

風四娘也沒有再問。

因為蕭十一郎已轉過身，正面對著她們——

她們三個人！

又有誰能了解蕭十一郎現在心裡的感覺？

他當然一眼就認出了沈璧君和風四娘，但是現在他的眼睛卻在看著自己的腳尖。

他實在不知道應該多看誰一眼，實在不知道該說些什麼。

他面對著的正是他生命中三個最重要的女人。

這三個女人，一個是他刻骨銘心，永難忘懷的情人，他已為她受盡了一切痛苦和折磨，甚至不惜隨時為她去死。

另外兩個呢？

一個是他的救命恩人，一個已將女人生命中最美好的全部奉獻給他。

這三個女人同樣都已為他犧牲了一切，只有他才知道，她們為他的犧牲是那麼的大。

現在這三個女人忽然同時出現在他面前了——你若是蕭十一郎，你能說什麼？

窗外波平如鏡，可是窗內的人，心裡的浪潮卻已澎湃洶湧。

第一個開口的是風四娘。

當然是風四娘。

她忽然笑了。

她微笑著道：「看來我們改扮得還不錯，居然連蕭十一郎都已認不出！」

蕭十一郎也笑了：「幸好我總算還是聽出了你的聲音。」

風四娘手插住腰，道：「你既然已認出了我們，爲什麼還不趕快替我們倒杯酒。」

蕭十一郎立刻去倒酒。

他倒酒的時候，忍不住看了風四娘一眼。

——風四娘的手插著腰，看來正像是傳說中那個天不怕，地不怕，什麼事都不在乎的女人。

其實她究竟是個什麼樣的女人，蕭十一郎當然不會不知道。

杯中的酒滿了。

他心裡的感激，也正像是杯中的酒一樣，已滿得要溢出來。

他知道風四娘是從來也不願讓他覺得難堪的，她寧可自己受苦，也不願看著他受折磨。

所以沒有人笑的時候，她笑，沒有人說話的時候，她說話。

只要能將大家心裡的結解開，讓大家覺得舒服些，無論什麼事她都肯做。

風四娘已走過來，搶過剛倒滿的酒杯，一口就喝了下去：「好酒。」

這當然是好酒。

風四娘對酒的辨別，就好像伯樂對於馬一樣。

伯樂若說一匹馬是好馬，這匹馬就一定是好馬。

風四娘說一杯酒是好酒，這杯酒當然也一定是好酒。

「這是三十年陳年的女兒紅。」

她笑著道：「喝這種酒應該配洋澄湖的大閘蟹。」

冰冰立刻站起來：「我去替你蒸螃蟹。」

「我也去。」風四娘道：「對螃蟹，我也比你內行。」

她們並沒有給對方暗示，可是她們心裡的想法卻是一樣。

——四個人若都留在這裡，這地方就未免太擠了些。

她們情願退出去。

她們知道蕭十一郎和沈璧君一定有很多很多話要說。

但是沈璧君卻站在樓梯口，而且居然抬起了頭，一雙美麗的眼睛裡，帶著種誰都無法了解的表情，輕輕道：「這桌上就有螃蟹。」

桌上的確有螃蟹。

冰冰知道，風四娘也看見了。

可是她們卻不知道，沈璧君爲什麼要說出來？爲什麼不讓她們走？

難道她已不願再單獨面對蕭十一郎？

——她是不願？還是不敢？

難道她已沒有什麼話要對蕭十一郎訴說？

——是沒有？還是太多？

蕭十一郎眼睛裡，已露出一抹痛苦之色，卻微笑著道：「這螃蟹是剛蒸好的，還沒有冷透，正好用來下酒。」

難道他們真的想喝酒？

——爲什麼酒與憂愁，總是分不開呢？

酒已入愁腸，卻沒有淚。

誰也不願意在人前流淚，英雄兒女們的眼淚，本不是流給別人看的。

酒在愁腸，淚在心裡。

臉上只有笑容。

風四娘笑得最多，說得也最多，喝了幾杯酒後，她說的第一句話還是：「你身上真的有那麼一塊青色的胎記？」

她本就是個打破沙鍋問到底的人。

其實這句話本不該問，無論誰看見冰冰當時的表情，都能看得出那瞎子沒有說錯。

風四娘卻偏偏還是要聽冰冰自己親口說出來。

冰冰只有說。

——遇見了風四娘這種人，她還能有什麼別的法子？

她垂著頭，說出了兩個字：「真的。」

風四娘卻還要問：「這塊胎記真在……在他說的那地方？」

冰冰的臉紅了，紅著臉低下頭。

這本是女人的秘密，有時甚至連自己的丈夫都不知道。

那瞎子怎麼會知道的？

難道他真的有一雙魔眼？

風四娘轉過頭，去看蕭十一郎。

——你是不是也知道她身上有這麼樣一塊胎記？

這句話她當然沒有問出來，她畢竟不是那種十三點。

冰冰的臉卻更紅了，忽然道：「這秘密除了我母親外，只有一個人知道。」

風四娘立刻搶著問：「誰？」

「我大哥。」

「逍遙侯？天公子？哥舒天？」

「嗯。」

風四娘怔住。

冰冰道：「我母親去世後，知道我這秘密只有他，絕沒有第二個人。」

她說得很堅決。

她絕不是那種粗心大意，隨隨便便的女人。

風四娘相信她的話：「可是，你大哥豈非也死了？」

冰冰的臉色更蒼白，眼睛裡又露出那種恐懼之色，卻沒有開口。

風四娘道：「你大哥死了後，這秘密豈非已沒有人知道？」

冰冰還是不開口，卻不由自主，偷偷的瞟了蕭十一郎一眼。

蕭十一郎的臉色居然也發白，眼睛裡居然也帶著種說不出的恐懼。

——這世上又有什麼事能夠讓蕭十一郎覺得恐懼？

他和冰冰恐懼的，是不是同樣一件事？

風四娘看了看他，又看了看冰冰，試探著道：「你們心裡究竟在想什麼？」

冰冰勉強笑了笑，道：「沒有什麼。」

風四娘笑道：「難道你們認爲逍遙侯還沒有死？」

冰冰閉上嘴，連笑都已笑不出。

蕭十一郎也閉著嘴。

兩個人居然像是默認了。

看著他們臉上的表情，風四娘心裡忽然也升起股寒意。

她認得逍遙侯。

那個人的確有種奇異的魔力，他自己也常常說，天下絕沒有他做不到的事。

若說這世上真的有個人能死而復活，那麼這個人一定就是他。

何況，蕭十一郎只不過看見他落入絕谷，並沒有看見他的屍體。

風四娘又喝了杯酒，才勉強笑道：「不管怎麼樣，那瞎子總不會是他。」

蕭十一郎忽然道：「爲什麼？」

風四娘道：「因爲逍遙侯是個侏儒，那瞎子的身材卻跟普通人一樣。」

蕭十一郎道：「你沒有想到過，也許他並不是天生的侏儒。」

風四娘從來也沒有想到過，她問道：「你為什麼要這麼樣想？」

蕭十一郎道：「因為我現在才知道，一個侏儒，絕不會練成他那樣的武功。」

風四娘道：「但他卻明明是個侏儒。」

蕭十一郎沉吟著，忽又問道：「你有沒有聽說過道家的元嬰？」

風四娘聽說過。

修道的人，都有元神，元神若是練成了形，就可以脫離軀殼。

元神總是比真人小些，所以又叫做元嬰。

——那其中的美妙，當然不是這麼樣簡簡單單幾句話就能解釋的。

「但那也只不過是神話而已。」

「那的確只不過是神話。」

蕭十一郎道：「但神話並不是完全沒有根據的。」

「什麼根據？」

「傳說中有種武功，若是練到爐火純青時，身子就會縮小如童子。」蕭十一郎道：「這種武功據說叫做九轉還童，脫胎換骨，無相神功。」

風四娘笑了：「你看見過這種功夫？」

蕭十一郎道：「沒有。」

風四娘道：「所以這種功夫也只不過是傳說而已。」

蕭十一郎道：「傳說更不會沒有根據。」

風四娘道：「所以你認為逍遙侯已練成了這種功夫？」

蕭十一郎道：「假如這世上真有人能練成這種功夫，這個人一定就是他。」

風四娘漸漸笑不出了。

蕭十一郎道：「一個人無論練成了多高深的功夫，若是受了重傷，就會散功。」

風四娘在聽著。

蕭十一郎道：「練成這種九轉無相神功的人，散功之後，就會恢復原來的樣子的。」他接著又道：「冰冰並不是侏儒，她懂事時，逍遙侯已是天下第一高手。」

風四娘道：「所以你認為逍遙侯本來也不是侏儒，就因為練成了這種功夫，才縮小了的？」

蕭十一郎道：「嗯。」

風四娘道：「可是他跌入絕谷，受了重傷，功夫就散了，所以他的人又放大了？」

這種事聽起來實在很荒謬，很可笑。

蕭十一郎卻沒有笑，他看見過更荒謬的事，這世界本就是無奇不有的。

風四娘本來是想笑的，看到他臉上的表情，也笑不出了。

「難道你真的認為那瞎子就是逍遙侯？」

「很可能。」

「你憑哪點認為很可能？」

蕭十一郎道：「除了逍遙侯外，那瞎子可算是我生平僅見的高手，他不但出手奇詭，而且手臂竟能隨意扭曲。」

風四娘也看見了，那瞎子全身的骨頭，都像是軟的，連關節都沒有。

蕭十一郎道：「據說這種功夫叫『瑜珈』。」

風四娘道：「瑜珈！」

蕭十一郎道：「這兩個字是天竺語。」

風四娘道：「那瞎子練的是天竺武功？」

蕭十一郎道：「至少瑜珈是天竺武功，那『九轉還童、無相神力』所說也是從天竺傳來，兩種武功本就很接近。」

風四娘道：「還有呢？」

蕭十一郎道：「那瞎子面目浮腫，眼珠眼白都變成黃色，很可能就因爲在那殺人崖的沼澤中，飢不擇食，誤食了一種叫『金柯蘿』的毒草。」

金蘿是一種生長在懸崖上的灌木，枯黃了的金柯蘿，是藏人最普通的黃色染料，黃教喇嘛的袈裟，就是用金柯蘿染黃的。

金柯蘿卻有劇毒，是種罕見的毒草。

風四娘道：「吃了金柯蘿的人，就一定會變成那樣子？」

蕭十一郎道：「不死就會變成那樣子。」

風四娘嘆了口氣，道：「你知道的事好像比以前多得多了。」

蕭十一郎勉強笑了笑，道：「這兩年來我看了不少書。」

風四娘嘆道：「江湖中的人，一定想不到這兩年來你還有功夫看書。」

蕭十一郎道：「這兩年來，我的武功也確實進步了些。」

風四娘道：「那瞎子好像也這麼樣說過。」

蕭十一郎道：「兩年前他若沒有跟我交過手，又怎知我的武功深淺？」他眼睛發著光，又道：「最重要的一點是，這世上絕沒有任何人能看見別人看不見的事，無論他是不是瞎子都一樣。」

風四娘道：「除了逍遙侯外，也絕沒有第二個人會知道冰冰的秘密。」

蕭十一郎沒有再說話，也不願再說，這件事看來已像「一加一等於二」那麼明顯。

風四娘的手心已涼了，眼睛裡也有了恐懼之色，喃喃道：「莫非那個養狗的人就是他？」

「養狗的人？」蕭十一郎當然聽不懂這句話，能聽得懂這句話的人並不多。

風四娘也知道他不懂道：「養狗的人，就是天宗的宗主。」

蕭十一郎道：「你也知道天宗？」

風四娘笑了笑，道：「我看的書雖不多，知道的事卻不少。」

她的笑又恢復了自然，眼睛又亮了，因爲她剛喝了三大杯酒。

現在本不是喝酒的時候，但是她假如想忘記一件事，就總是會在最不該喝酒的時候喝酒，而且喝得又快又多。

「我不但知道天宗，還知道天宗的宗主養了條小狗。」

「你怎麼知道的？」

「當然是有人告訴我的。」

「誰？」

「杜吟。」

「杜吟是什麼人？」

「杜吟就是帶我到八仙船去的人。」

「八仙船？」

蕭十一郎居然好像沒聽見過這三個字。

風四娘看著他，道：「難道你不知道八仙船？」

蕭十一郎道：「不知道。」

風四娘道：「你也沒有到八仙船去過？」

蕭十一郎道：「沒有。」

風四娘怔住。

她知道蕭十一郎若說不知道一件事，就一定是真的不知道，可是她想不通蕭十一郎怎麼會不知道？

「你還記不記得他們要在一條船上請你喝酒？」

蕭十一郎當然記得。

風四娘道：「那條船就是八仙船。」

蕭十一郎總算明白了：「可是我並沒有到他們那條船上去。」

風四娘道：「爲什麼？」

蕭十一郎道：「因爲來帶路的人，忽然又不肯帶我去了。」

風四娘更不懂：「爲什麼？」

蕭十一郎道：「因爲他怕我被人暗算，他不想看著我死在他面前。」

風四娘道：「他是誰？」

蕭十一郎道：「就是那個送信去的少年。」

風四娘道：「蕭十二郎？」

蕭十一郎點點頭。

風四娘又笑了：「其實我早就應該想到他了，蕭十二郎若是看著蕭十一郎死在自己面前，心裡總是不會好受的。」她微笑著又道：「何況，若連蕭十二郎也不幫蕭十一郎的忙，還有誰肯幫蕭十一郎？」

蕭十一郎苦笑道：「但我卻連做夢也沒有想到，我會跟一個叫蕭十二郎的人交了朋友。」

風四娘道：「他不肯帶你到八仙船去，卻帶你到哪裡去了？」

蕭十一郎道：「帶我去找一個人。」

風四娘道：「冰冰？」

——當然是冰冰。

——若不是爲了救冰冰，縱然明知一到了八仙船就必死無疑，蕭十一郎也要去闖一闖的。

——蕭十二郎就算已決心不肯帶他去，他也會自己找去。

廿七　死亡遊戲

——他絕不是那種可以讓人牽著鼻子走的人，可是爲了冰冰，情況就不同了。

冰冰低下了頭，沈璧君也低下了頭，風四娘舉杯，蕭十一郎也舉起了酒杯。

酒杯卻是空的。

兩個人的酒杯都是空的，他們居然不知道。

在這片刻中，他們之間的情緒忽然又變得很微妙。

這次第一個開口的又是風四娘，她問冰冰：「那天你怎麼會忽然不見了的？」

「我本來不能喝酒，回去時好像就有點醉，想喝杯茶解酒……」

誰知道一杯茶喝了下去，她非但沒有清醒，反而暈倒。

在茶裡下藥的是軒轅三成，帶走冰冰的卻是軒轅三缺。

他們將冰冰送給鯊王。

可是魚吃人並不吃人，對冰冰居然很客氣——他心裡好像在打別的主意。

「他好像想利用我要脅蕭……蕭大哥做一件事。」冰冰低著頭：「所以只不過把我軟禁了起來，並沒有對我無禮。」

「他軟禁我的地方，蕭十二郎當然知道。」

「可是我卻沒有想到，他居然會帶蕭大哥來找我。」

冰冰說話的聲音很輕，但「蕭大哥」這三個字卻說得很響。

沈璧君偏偏好像沒有聽見。

風四娘嘆了口氣，道：「我也想不到鯊王居然會有這麼樣一個徒弟。」她又嘆了口氣，慢慢接道：「他實在不能算是個好徒弟，卻不知是不是個好朋友？」

蕭十一郎苦笑。

明明應該是一句贊美的話，到了風四娘嘴裡，就會變得又酸又辣。

明明是一句罵人的話，若從她嘴裡罵出來，挨罵的人往往反而會覺得很舒服。

——像風四娘這麼樣一個女人，你能不能忘得了她？

那一夜的痛苦和甜蜜，現在卻似已變成了夢境，甚至比夢境還虛幻遙遠。

可是風四娘明明就坐在他面前。

蕭十一郎又舉杯，杯中已有酒。

風四娘的眼睛更亮，忽然又道：「你雖然沒有去過八仙船，我卻去過。」

蕭十一郎道：「你見到了鯊王？」

風四娘道：「我見到了他，他卻沒有看見我。」

蕭十一郎道：「爲什麼？」

風四娘道：「因爲死人是看不見別人的。」

蕭十一郎動容道：「鯊王已死了？」

風四娘道：「不但鯊王死了，請帖上有名字的人，除了花如玉外，已全都死了。」

蕭十一郎道：「是誰殺了他們？」

風四娘道：「本來應該是你。」

蕭十一郎道：「是我？」

風四娘道：「至少別人都會認爲是你。」

蕭十一郎苦笑。

風四娘道：「殺他們的，是把快刀，而且只用了一刀。」

蕭十一郎苦笑道：「除了蕭十一郎外，還有誰能一刀殺了鯊王、魚吃人？」

風四娘道：「除了蕭十一郎外，還有誰能一刀殺了軒轅三成？」

蕭十一郎道：「你想不出？」

風四娘搖搖頭，道：「你想得出？」

蕭十一郎淡淡道：「我何必去想？這種事我遇見的反正不是第一次了。」

風四娘看著他，眼睛裡充滿了同情和憐惜。

可是她只看了一眼，就舉起酒杯，擋住了自己的眼睛。

她沒有去看沈璧君。

——沈璧君是不是也在看著他？

——知道自己所愛的人受了冤屈，她心裡又是什麼滋味？

蕭十一郎忽然問道：「你們是怎麼會來這裡的？」

風四娘道：「為了一個約會。」

蕭十一郎道：「誰的約會？」

風四娘道：「別人的約會。」

蕭十一郎道：「別人是誰？」

風四娘道：「養狗的人。」

蕭十一郎道：「約會總是兩個人的。」

風四娘道：「嗯。」

蕭十一郎道：「還有一個『別人』是誰？」

風四娘又喝了杯酒，才一個字一個字的說道：「連城璧。」

蕭十一郎連一個字都不說了。

無論連城璧是個什麼樣的人，蕭十一郎對他心裡總是有些愧疚。

一種無可奈何，無法彌補的愧疚。

這是誰的錯？

看見他深藏在眼睛裡的痛苦，風四娘立刻又問道：「你猜他們約會的地方在哪裡？」

蕭十一郎搖搖頭。

風四娘道：「就在這裡。」

蕭十一郎道：「就在這水月樓？」

風四娘道：「月圓之夜，水月樓。」

月已圓了。

圓月就在窗外，蕭十一郎抬起頭，又垂下，彷彿不敢去看這一輪圓月。

他沒有問風四娘怎麼會知道這消息的，也沒有問沈璧君怎麼會離開了連城璧。

他並不是個愚蠢的人，這件事也並不難推測。

事實上，他早已猜出連城璧必定和這陰謀有很密切的關係。

他沒有說出來。

因爲他不忍說，也不敢說。

但現在連城璧就要來了，沈璧君就在這裡，到了那時，會發生些什麼事？

蕭十一郎連想都不敢想下去。

沈璧君忽然站起來，肅然凝視著窗外的明月，道：「時候已不早了，我……我已該走了。」

蕭十一郎心裡忽又一陣刺痛。

——我已該走了。

該走的總是要走的。

這句話她說過已不止一次，每次她要走的時候，他都沒有阻攔過。

這次他當然更不會。

他從來也沒有勉強過別人，更沒有勉強過沈璧君。

——她本就不能在這裡耽下去，遲早總是要走的。

——可是她能走到哪裡去？

蕭十一郎看著手裡的空杯，整個人都像是這酒杯一樣空了。

沈璧君沒有看他，連一眼都沒有看。

——她心裡又何嘗不痛苦？可是她又怎能不走？

風四娘忽然瞪起了眼睛，瞪著她，道：「你真的要走？」

沈璧君勉強忍住了淚，道：「我們雖然一起來的，可是你不必陪我走。」

風四娘道：「你要一個人走？」

沈璧君道：「嗯。」

風四娘忽然一拍桌子，大聲道：「不行。」

沈璧君吃了一驚：「爲什麼不行？」

風四娘道：「你連一杯酒都沒有陪我喝，就想走了？打破頭我也不會讓你走的。」

沈璧君吃驚的看著她，又勉強的笑了笑，道：「你醉了。」

風四娘瞪著眼道：「不管我醉了沒有，你都不能走。」

沈璧君用力握緊了雙手，道：「你若一定要我喝，我就喝，可是喝完了我還是要走的。」

風四娘道：「你要走，也得跟我一起走，我們既然是一起來的就得一起走。」

突聽樓梯下一個人厲聲道：「你們兩個誰都不許走。」

若說江湖中有一半人認得風四娘，這句話當然未免有點誇張。

可是江湖中有一半人都聽說過她這麼樣的一個人，也知道她的脾氣。

她說要來的時候，就一定會來，不管颳風也好，下雨也好，路上結了冰也好，門口擺著油鍋也好，她說來就來，隨便什麼事都休想攔得住她。

她說要走的時候，就一定會走，就算有人把刀架在她脖子上，她也一樣會走，不管什麼人也休想拉得住她。

就連逍遙侯都從來沒有留下過她，現在居然有人不許她走！

風四娘又笑了。

她帶著笑，看著這個從樓下走上來的人，就像是在看著個小丑。

這個人居然是王猛。

王猛雖然全身都是濕的，一張臉卻又乾又硬，眼睛裡更像是要冒出火來。

風四娘道：「剛才是你在下面鬼叫？」

王猛道：「哼。」

風四娘道：「你不許我走？」

王猛道：「哼。」

風四娘道：「你知不知道我現在爲什麼還坐在這裡？」

王猛瞪著她。

風四娘道：「現在我還沒有走，只因爲我根本就不想走。」

王猛道：「你想走也走不了。」

風四娘眨了眨眼，道：「爲什麼走不了?難道你還想拉住我？」

王猛道：「哼。」

風四娘嫣然道：「只可惜腿是長在我自己身上的，我要走的時候，隨便誰也拉不住。」

王猛冷冷道：「腿雖然長在你自己身上，可是你的左腿若要走，我就砍斷你的左腿，右腿若要走我就砍斷你的右腿。」

風四娘道：「若是我兩條腿都要走，你就把我兩條腿都砍下來？」

王猛道：「哼。」

風四娘嘆了口氣，道：「一個女人若是少了兩條腿，豈非難看得很？」

王猛冷笑道：「那至少還比臉上多了個大洞的男人好看。」

風四娘道：「你臉上好像並沒有大洞，連小洞都沒有。」

王猛道：「那只因爲我從來也沒有跟你打過交道。」

風四娘道：「誰跟我打過交道？」

王猛道：「史老二。」

風四娘道：「史秋山？」

王猛道：「難道你已忘了他？」

風四娘道：「難道他臉上已多了個大洞？」

王猛冷笑道：「你爲什麼不自己下去看看？」

史秋山臉上果然有個洞，雖然不能算很大的洞，卻也不能算小。

——無論多大的傷口，只要是致命的傷口，絕不能算小。

事實上，他臉上除了這個洞之外，已沒有別的。

風四娘忽然變得很難受。

不管怎麼樣，史秋山總是她的熟人。

這個人活著時雖然並不好看，也不討人歡喜，至少總比現在可愛些。

這個人不到半個時辰前，還在她面前搖著摺扇，現在……

風四娘忍不住長長嘆息，道：「你是哪裡找到他的？」

王猛道：「在水裡。」

風四娘黯然道：「我本來還以爲他忽然溜了，想不到……」

王猛握緊雙拳，恨聲道：「你也想不到他已被人像死魚般拋在水裡？」

風四娘嘆道：「我實在想不到。」

王猛道：「你也不知道是誰殺了他？」

風四娘搖搖頭。

王猛忽然跳起來，大吼道：「你若不知道，還有誰知道？」

風四娘吃驚的看著他，道：「爲什麼我應該知道？」

王猛道：「因爲你就是兇手。」

風四娘又笑了，只不過這次笑得並不太自然。

無論誰被人當做兇手，都不會笑得太自然。

霍無病一直在盯著她，忽然道：「你是不是早已認得史秋山？」

風四娘道：「我認得的人很多。」

霍無病道：「他是不是也早已認出了你？」

風四娘道：「嗯。」

霍無病道：「他剛才是不是一直都在跟著你？」

風四娘道：「嗯。」

霍無病道：「他既然一直在你身旁，若有別人來殺了他，你會不知道？」

風四娘忽然也跳起來，大聲道：「我說不知道，就是不知道。」

她跳得比王猛還高，叫的聲音比王猛還大。

她真的急了。

因爲她自己也想不出，除了她之外，還有誰能在這條船上殺了史秋山，再拋下水裡去？

史秋山並不是個容易對付的人。

蕭十一郎忽然道：「我知道。」

霍無病皺眉道：「你知道什麼？」

蕭十一郎道：「我至少知道一件事。」

霍無病道：「你說。」

蕭十一郎道：「世上絕沒有任何人會不聲不響的站在那裡，讓別人把自己的臉打出個大洞來，除非他是個木頭人。」他笑了笑，接著道：「史秋山當然不是木頭人，是江湖中唯一得到鐵扇門真傳的高手，若有人再做兵器譜，他的鐵扇子至少可以排名在前三十位之內。」

霍無病冷笑道：「你知道的事倒還不少。」

蕭十一郎道：「我還知道，就算他是個木頭人，若被人拋在水裡，也會有『噗通』一聲響的，這裡的人都不聾，爲什麼沒聽見？」

霍無病道：「你說爲什麼？」

蕭十一郎道：「因爲他根本不是死在這條船上的。」

霍無病搶著道：「若不是死在這條船上，死在哪裡？」

蕭十一郎道：「水裡。」

王猛道：「水裡？」

蕭十一郎道：「在水裡殺人，就不會有聲音發出來，所以船上的人才沒有聽見動靜。」

王猛道：「他剛才明明還在船上，怎麼會忽然到水裡去了？」

蕭十一郎道：「我剛才明明還在樓上，怎麼會忽然下樓來了？」

王猛道：「是你自己下來的。」

蕭十一郎道：「我可以自己下樓，他爲什麼不能自己下水？」

王猛怔了怔，道：「他好好的在船上站著，爲什麼要自己下水？」

蕭十一郎嘆了口氣，道：「這一點我也想不通，我也正想去問問他。」

王猛冷笑道：「只可惜他已沒法子告訴你。」

蕭十一郎道：「這個人的確已沒法子告訴我，可是史秋山……」

王猛道：「你看不出這個人就是史秋山？」

蕭十一郎道：「你看得出？」

王猛道：「當然。」

蕭十一郎道：「你是憑哪點看出來的？」

王猛又怔住。

這個死人的裝束打扮雖然和史秋山完全一樣，可是一張臉卻已根本無法辨認。

你隨便在什麼人臉上打出這麼樣一個大洞來，樣子看來都差不多的。

蕭十一郎道：「史秋山忽然不見，你卻在水裡撈出了這麼樣一個人，所以你認爲這個人就是史秋山，其實……」

王猛道：「其實怎麼樣？」

蕭十一郎淡淡道：「其實你自己現在一定也沒有把握，能斷定這個人就是史秋山。」

王猛不能否認。

他忽然發覺自己實在連一點把握都沒有。

霍無病卻冷笑道：「你是說史老二自己溜下水去，殺了這個人，再把這個人扮成他的樣子，讓別人認爲他已死了？」

蕭十一郎道：「這難道不可能？」

霍無病道：「他爲什麼要做這種事？爲什麼要連我們兄弟也瞞住？」

蕭十一郎嘆道：「這些你本該去問問他自己的，除了他自己之外，只怕誰也沒法子答覆。」

霍無病冷冷道：「我還是有句話要問你。」

蕭十一郎在聽著。

霍無病厲聲道：「這個人若不是史秋山，史秋山的人在哪裡？」

蕭十一郎還沒有開口，已有人搶著回答了這句話：「他的人就在這裡。」

一個有教養的淑女，在別人說話的時候，是絕不會插嘴的。

沈璧君一向是個淑女，但這次她卻破了例。

「就在這裡。」

她的臉色蒼白，眼睛裡卻在發著光。

這雙眼睛正瞪在一個人身上：「這個人就是史秋山。」

廿八　揭開面具

若說江湖中有一半人都認得沈璧君，這句話當然更誇張。

可是江湖中知道她的人，絕不比知道風四娘的人少——不但知道她是武林中的第一美人，也知道她是個端莊的淑女。

像她這樣的女人，既不會隨便說話，更不會說謊話。

沒有把握的事，她是絕不會隨隨便便就說出來的。

——難道這個人真的就是史秋山？

大家的眼睛，跟著她的眼睛看過去，就看到了一張奇怪的臉。

一張既沒有眉毛，也沒有鼻子，甚至連嘴都沒有的臉。

一張木板臉。

——她說的竟是這臉上戴著蓋子的青衣人。

大家只看了他一眼，就扭過頭，誰也不願再看他第二眼。

這張臉上雖然沒有表情，卻有兩個洞，兩個又黑又深的洞。

洞裡的一雙眼睛，就像是兩把錐子。

甚至連霍無病都不願再多看他一眼，轉過頭，打量著沈璧君：「你說他就是史秋山？」

沈璧君用力握緊了雙拳，點了點頭。

霍無病冷笑道：「可是我們上船的時候，他已經在船上了。」

沈璧君道：「剛才那個人不是他。」

霍無病道：「不是？」

風四娘搶著道：「剛才蕭十一郎舞刀的時候，這個人已換了一個。」

霍無病皺起了眉。

風四娘道：「這個人剛才是不是忽然不見過一次？」

霍無病道：「嗯。」

風四娘道：「等他回來的時候，就已換過一個人了。」

霍無病道：「換成了史秋山？」

風四娘道：「我看不出，可是沈……我的朋友若說這個人就是史秋山，那麼就一定是的。」

霍無病道：「她……」

風四娘不讓他開口，又道：「你若不相信，爲什麼不打開這個人臉上的蓋子來看看？」

霍無病終於又轉過頭，看了他第二眼。

這張木板臉上當然還是不會有一點表情，可是臉上的兩個洞裡，那種錐子般的眼睛，卻已變得更黑，更深、更可怕。

風四娘道：「你若不是史秋山，爲什麼不敢讓別人看見你的臉？」

王猛忍不住道：「你若真的是史老二，也不妨說出來，我們總是兄弟，絕不會幫著外人來對付你。」

青衣人忽然道：「豬！」

王猛怔了怔，道：「你說什麼？」

青衣人冷冷道：「我說你們都是豬。」

王猛瞪大了眼睛，好像還沒有完全聽懂這句話。

他並不是反應很快的那種人。

青衣人道：「你們知不知道這個女人是誰？」

他指的是沈璧君。

風四娘剛才雖然已說漏一個沈字，可是大家並沒有注意。

青衣人道：「她就是沈璧君，就是爲蕭十一郎連家都不要了的那個女人，爲了蕭十一郎，她連丈夫都可以出賣，她說的話你們居然也相信？」

沈璧君的臉色雖然更蒼白，神情居然很鎭定，風四娘幾次要跳起來打斷這人的話，卻被她拉住。

燈光照在她臉上，這次她的頭並沒有垂下去，反而抬得很高。

這件事對她說來已不再是羞恥。

青衣人道：「你憑什麼說我是史秋山？你有什麼證據？」

沈璧君道：「你的臉就是證據。」

青衣人道：「你看見過我的臉？」

沈璧君道：「你敢掀開面具來，讓別人看看你的臉？」

青衣人道：「我說過，我不是來讓別人看的。」

沈璧君道：「你是來殺人的？」

青衣人道：「是。」

沈璧君道：「現在就已到了殺人的時候。」

青衣人道：「哦？」

沈璧君道：「你的面具一掀開，至少會有一個人倒下去。」

青衣人道：「誰？」

沈璧君道：「不是我，就是你。」

青衣人道：「我若不是史秋山，你情願死？」

沈璧君道：「是。」

青衣人冷笑，道：「妄下判斷，不智已極，你已死定了。」

沈璧君道：「我本就在等。」

青衣人道：「你爲什麼不自己過來掀開我這個面具？你不敢？」

沈璧君沒有再說話。

她已走過去。

蕭十一郎輕輕吐出口氣，直到現在，他才發現沈璧君變了。

她本來從不願說一句傷人的話，可是剛才她說的每句話都鋒銳如刀。

她本是個溫柔脆弱的女人，可是現在卻已充滿了決心和勇氣。

——難道這才是她的本性？

——寶石豈非也要經過琢磨後，才能發出燦爛的光華？

蕭十一郎看著她走過去，並沒有攔阻，因為他心裡充滿了驕傲——為她而驕傲。

他知道她現在畢竟已站起來了，已不再是倚著別人站起來的，而是用自己的力量，用自己的兩條腿。

風四娘卻忍不住道：「小心他乘機出手。」

沈璧君頭也不回，道：「他不敢的。」

風四娘道：「為什麼？」

沈璧君道：「因為我不但已看出了他的真面目，也已知道他的主子是誰。」

「是誰？」

沈璧君道：「是……」

她只說出一個字，艙外突然有個人衝了進來，大聲道：「沈姑娘千金之體，何必冒這種險，我掀開他面具豈非也一樣。」

說到第二句話，這人已衝到青衣人面前，枯瘦矮小，靈活如猿猴，竟是南派形意門的掌門人「蒼猿」侯一元。

看見他衝過來，青衣人黑洞裡的瞳孔突然收縮，竟似比別人更吃驚。

「你……」

他想說話，侯一元的出手卻比他更快，已閃電般搭上了他的面具。

只聽「波」的一聲，火星四濺，厚木板做成的面具，突然碎裂。

船艙裡立刻響起一聲慘厲的慘號，侯一元身子已凌空躍起，反手灑出一掌喪門釘，隔斷了退路，「飛鳥投林」，正準備穿窗而出。

他出手之狠、準、快，竟遠出所有人的意料之外。

尤其這一掌喪門釘，更陰狠毒辣，十三點寒光，竟全都是往沈璧君身上打過去的。

他算準了蕭十一郎他們必定會先搶著救人，已無暇攔他。

可是他忘了身旁還有個毀在他手裡的青衣人，他低估了仇恨的力量。

青衣人的臉，雖然已血肉模糊，全身雖然都已因痛苦而痙攣扭曲，兩肩琵琶骨，也已被炸碎。

可是他死也要留下侯一元。

他雖然已抬不起手，可是他還有嘴，還有牙齒。

侯一元身子已穿窗而出，突然覺得腳踝上一陣劇痛。

青衣人竟一口咬在他小腿上，就像是條飢餓的野獸，咬住了他的獵物，一口咬住，就死也不肯放鬆。

船艙中又響起一聲慘呼，這次慘呼聲卻是侯一元發出來的。

他的人已跌在窗框上，鯉魚打挺，還想再翻身躍起。

青衣人的頭卻已撞了過去，撞在他兩腿之間。

他的人也突然扭曲，從窗框上直滾下去，眼淚、鼻涕、口水，流滿了一臉，臉色已慘白如紙。

接著，每個人都嗅到了一陣撲鼻的臭氣，都看見他的褲子已濕。

每個人都活過。

每個人都難免一死。

可是有些人不但活得卑賤，死得也卑賤，這才是真正值得悲哀的。

青衣人也倒了下去，仰面倒在地上，不停的喘息。

他滿臉是血，滿嘴是血，有他自己的血，也有他仇人的血。

沒有人開口說話，每個人都生怕自己一開口，就會忍不住吐了。

青衣人卻突然發出了微弱的呼聲：「老三……老三……」

他在呼喚他的兄弟。

也許有人還想問他究竟是誰，聽見這呼聲，也不必再問了。

沈璧君竟真的沒有看錯。

霍無病臉色看來更憔悴，長長嘆息，道：「這究竟是怎麼回事？」

史秋山的語聲如呻吟，他們只有蹲下來，才能聽得清：「老大，我錯了，你們不能再錯，你真正的仇人並不是蕭十一郎，他並不該死，該死的是……」

霍無病用力握住他的手：「該死的是誰？」

史秋山掙扎著，終於從嘴裡說出了三個字，只可惜他說的這三個字，也沒有人聽得見了。

人之將死，其言也善，史秋山臨終前說出的那三個字，究竟是誰的名字？

該死的究竟是誰？

第一個青衣人又是誰？

屍體已搬出去，是同時搬出去的。

——他們豈非本就是從一條路上來的人？

「這件事原來是他們早就串通好了的。」

「嗯。」

「侯一元早已知道第一個青衣人已走了，已換成了史秋山，所以故意喊出了那一聲『混元一炁功』來爲他掩護。」

「不錯。」

「可是史秋山也不能無緣無故的忽然失蹤。」

所以他們早已安排了另外一個人的屍體，李代桃僵，使別人認爲史秋山已死了，而且是死在風四娘手裡的。

王猛握緊雙拳，恨恨道：「那老猴子居然還故意要我去找到這個人的屍體。」

風四娘道：「因爲他想要你來找我拚命。」

王猛鐵青的臉也紅了。

這次風四娘當然放過了他，輕輕嘆息著，又道：「我若是你，我也會這麼想的。這計劃實在惡毒周密，他們一定連做夢也沒有想到，居然有人能看破他們的秘密。」

——那第一個人青衣人是誰？

——他爲什麼要走？

——他走後爲什麼還要人代替他？

——史秋山爲什麼肯代替他？

——他們究竟有什麼用意？是什麼來歷？

風四娘道：「現在我只知道一點。」

「哪一點？」

「我只知道他們一定都是天宗的人。」

「天宗是什麼？」

王猛還想再問，霍無病已站起來，慢慢道：「這些事我們已不必知道。」

「爲什麼？」

「因爲我們已該走了。」霍無病目光凝視著遠方，並沒有看蕭十一郎，但是他的話都是對蕭十一郎說的，又道：「也許我們本就不該來。」

他拉著王猛走出去，頭也沒有回。

然後外面傳來「噗通，噗通」兩聲響，他們顯然並沒有等渡船來。

蕭十一郎忽然道：「其實他們本不必這麼急著走的。」

風四娘道：「爲什麼？」

蕭十一郎道：「要走的人既然不止他們兩個，渡船一定很快就會來的。」

他目光也凝注在遠方，也沒有去看沈璧君。

這句話他是對誰說的？風四娘心裡很難受，卻不知是爲了他？是爲了沈璧君？還是爲了她自己？

她還沒有開口，沈璧君卻忽然道：「今天晚上，也許不會再有渡船來了。」

風四娘眼睛立刻亮了起來，又問道：「爲什麼？」

沈璧君道：「因爲該走的都已走了，渡船又何必回來？」

風四娘道：「可是你……」

沈璧君忽然也笑了笑，道：「我先去看看樓上的酒喝完了沒有，你若是不敢喝，最好趁快趁這機會逃走。」

看著她走上樓，風四娘也笑了，搖著頭笑道：「我也是女人，可是女人的心事，我實在連一點也不明白。」

蕭十一郎也在笑，苦笑。

風四娘看了他一眼，忽又輕輕嘆了口氣，道：「可是我現在總算明白了一件事。」

蕭十一郎在聽著。

風四娘目光也凝視在遠方，不再看他：「我現在總算明白，被人冤枉的滋味實在不好受。」

蕭十一郎沉默著，終於慢慢的點了點頭，道：「實在很不好受……」

有些人很少會將酒留在杯裡，也很少將淚留在臉上。

他們就是這種人。

他們的酒一傾滿，杯就空了。

他們並不想真正享受喝酒的樂趣，對他們來說，酒只不過是種工具。

一種可以令人「忘記」的工具。

可是他們心裡也知道，有些事是永遠也忘不了的……

現在風四娘的眼睛更亮了，沈璧君眼睛裡卻彷彿有了層霧。

她們一杯又一杯的喝著，既沒有要別人陪，也沒有說話。

風四娘從未想到沈璧君也會這麼樣喝酒，更想不通她爲什麼要這樣喝酒。

她知道她絕不是想借酒來忘記一些事，因爲那些事是絕對忘不了的。

她爲了什麼？是不是因爲她心裡有些話要說，卻沒有勇氣說出來？

酒豈非總是能給人勇氣？

風四娘忽然放下酒杯，道：「我不喝了。」

沈璧君皺眉道：「爲什麼？」

風四娘道：「因爲我一喝醉，就聽不見了。」

沈璧君道：「聽不見什麼？」

風四娘道：「聽不見你說的話。」

沈璧君道：「我沒有說話，什麼都沒有說。」

風四娘道：「可是我知道你一定有很多話要說，而且遲早總要說出來的。」

——這句話她本來也不該說，她說出來，只因爲她已不停的喝了幾杯酒。

沈璧君當然還能聽得見，她也放下了酒杯，輕輕的，慢慢的……

她臉上彷彿也蒙上了一層霧，忽然道：「你們知不知道走了的那個青衣人是誰？」

這時湖上也有了霧，縹縹緲緲，迷迷濛濛的，忽然間就變得濃了。一陣風吹過來，乳白色的濃霧柳絮般飄入了窗戶。從窗子裡看出去，一輪冰盤般的圓月，彷彿已很遙遠。

他們的人卻在霧裡，霧飄進來的時候，沈璧君已走出去，樓上也有個窄窄的門，門外也有道低低的欄杆，她倚著欄杆，凝視著湖上的霧，霧中的湖，似已忘了剛才問別人的那句話。

風四娘卻沒有忘記提醒她：「你已看出了那個青衣人是誰？」

霧在窗外飄，在窗外飄過了很久，沈璧君才慢慢的說道：「假如你常常注意他，就會發現他有很多跟別人不同的地方。」

這並不能算是回答，風四娘卻在聽著，連一個字都不願錯過。

「每個人都一定會有很多跟別人不同的特徵，有時往往是種很小的動作，別人雖然不會在意，可是假如你已跟他生活了很久，無論多麼小的事，你都絕不會看不出來的。」

說到這裡，她又停下來，這次風四娘居然沒有插嘴。

「所以他就算臉上戴著面具，你還是一樣能認得出他。」沈璧君慢慢的接著道：「我一到這裡，就覺得那個青衣人一定是我認得的人，所以我一直都在注意著他。」

風四娘終於忍不住道：「所以他們一換了人，你立刻就能看出來？」

沈璧君點點頭，卻沒有回頭。

風四娘道：「你怎麼看得出第二個人是史秋山？」

沈璧君道：「因爲他平時手裡總是有把扇子，他總是不停的在轉著那柄扇子，所以他手裡沒有扇子的時候，他的手也好像在轉著扇子一樣。」

風四娘也沉默了很久，忽然問道：「連城璧呢？他有什麼地方跟別人不同？」

現在她當然已知道第一個青衣人就是連城璧，除了連城璧外，還有誰跟沈璧君在一起生活了那麼久？

沈璧君道：「你也知道他一定會來赴約的。」

風四娘道：「可是他沒有想到蕭十一郎也在水月樓，所以他先到這裡來看看動靜。」

沈璧君道：「也許他們早已知道蕭十一郎在水月樓，所以才把約會的地點訂在這裡。」

這是她第一次在別人面前說出蕭十一郎的名字，她確實一直表現得很鎭定，可是說到這四個字時，她聲音還是帶著種奇怪的感情。

風四娘輕輕嘆了口氣，道：「不管怎麼樣，他總是來了。」

沈璧君道：「他來了。」

風四娘道：「他既然來了，爲什麼又要走？」

沈璧君道：「也許他要乘這機會，去安排些別的事。」

風四娘道：「他既然要走，爲什麼又要史秋山代替他？」

沈璧君道：「因爲他一定要有這麼樣一個人留在這裡，探聽這裡的虛實動靜。」

風四娘道：「等到他要再來時，也可以避過別人的耳目？」

沈璧君道：「他們隨時都可以再換一次人。」

風四娘道：「你想他是不是一定還會再來？」

沈璧君道：「一定會的。」她的聲音又變得很奇怪：「他一定會來，所以我一定要走。」

連城璧再來的時候，就是他要和蕭十一郎分生死，決勝負的時候。

這兩個一個是她的丈夫，一個是她生命中最重要的人。

無論他們誰勝誰負，她都絕不能在旁邊看著。

她當然要走。

風四娘道：「可是你沒有走。」

沈璧君道：「我沒有走。」

風四娘道：「你留下來，爲的就是要說出這件事？」

沈璧君道：「我還有句話要說。」

風四娘道：「你說。」
沈璧君道：「這幾天來，你一定看得出我已變了很多。」
風四娘承認。
沈璧君道：「你猜不出我爲什麼會變？」
風四娘道：「我沒有猜。」
沈璧君道：「一個人若是真正下了決心，就會變的。」
風四娘道：「你已下了決心？」
沈璧君道：「嗯。」
風四娘道：「什麼決心？」
沈璧君道：「我決心要告訴你一件事。」
風四娘在聽著，心裡忽然有了種說不出的恐懼。
她忽然感覺到沈璧君要告訴她的這件事，一定是件很可怕的事。
沈璧君道：「我要告訴你，只有你才能做蕭十一郎最好的伴侶，也只有你才真正了解他，信任他，他若再讓你走，他就是個白癡。」
這句話還沒有說完，她的人忽然飛起來，躍入了湖心，風四娘跳起來，衝過去，卻已來不及了。
她衝到欄杆前時，沈璧君的人已沒入那煙一般的濃霧裡，霧裡傳來「噗通」一響，一個人從她身旁衝過去飛起，落下，蕭十一郎也已躍入湖心。

風四娘跺了跺腳，回頭道：「快叫人拿燈來，燈愈多愈好。」

這句話她是對冰冰說的。冰冰卻只是癡癡的坐在船頭，動也沒有動，蒼白美麗的臉上，帶著種沒有人能了解也沒有人能解釋的表情。

她已這樣坐了很久，只不過誰也沒有去注意她而已，風四娘又跺了跺腳，也跳了下去。

湖水冰冷，風四娘的心更冷，她看不見蕭十一郎，也看不見沈璧君。

她想呼喚，可是剛張開嘴，就有一大口冰冷的湖水湧了過來，灌進她的嘴，湖水冷得就像是劍鋒，從她嘴裡，筆直的刺入她心裡，她這才想起自己並不是個很精通水性的人，在水裡，她永遠救不了別人的，只有等著別人來救她，等她想起這一點時，她的人已在往下沉。

霧也是冷的，船上的燈火在冷霧中看來，彷彿比天上的殘星還遙遠。

死卻已很近了，奇怪的是，在這一瞬間，她並沒有感覺到對死亡的恐懼，有很多人都說，一個人在死前的那一瞬間，會想到許許多多奇怪的事。

廿九 春殘夢斷

可是現在她卻只在想一件事——蕭十一郎是不是能救得了沈璧君？

她拚命想跳起來，再找他們。

她沒有跳起，她全身的筋都彷彿在被一隻看不見的鬼手抽動著。

燈光更朦朧，然後就是一片黑暗。

又冷又黑暗。

黑暗中忽然又有了一雙發亮的眼睛，一雙眼睛忽然又變成了無數雙。

無數雙眼睛都是蕭十一郎一個人的。

她並不想死。

可是就算在最後那一瞬間，她也沒有在爲自己的生命祈求。

她只祈求上蒼，能讓蕭十一郎找到沈璧君，救回沈璧君。

因爲她知道，沈璧君若死了，蕭十一郎的痛苦會有多麼強烈深遠。

那種痛苦是她寧死也不願讓蕭十一郎承擔的。

蕭十一郎，蕭十一郎，你要等到什麼時候，才能了解風四娘對你的感情？

你難道一定要等到她死？

天亮了。

——黑夜無論多麼長，天總是會亮的。

陽光昇起，湖面上閃爍著金光。

蕭十一郎眼睛裡卻已沒有光，現在你若看見他的眼睛，一定不會相信他就是蕭十一郎。

只有在一個人的心已死了的時候，才會變成這樣子。

他的眼睛幾乎已變成死灰色的，甚至比他的臉色還可怕。

風四娘第一眼看見的就是這雙眼睛。

風四娘並沒有死。

她醒來時，身上是溫暖而乾燥的，可是她的心卻比在湖水中更冷。

因爲她看見了蕭十一郎的眼睛。

因爲她沒有看見沈璧君。

船樓上沒有第三個人——難道連冰冰都已悄悄的走了？

昨夜的殘酒還留在桌上，一張翻倒的椅子還沒有扶起來。

這華麗精雅的樓船，在白天的陽光下看來，顯得說不出的空虛，凌亂。

——沈璧君呢？

——難道他沒有找到她？

——難道她已消失在那冰冷的霧中，冰冷的湖水裡？

風四娘不敢問。

看見蕭十一郎眼睛裡那種絕望的悲傷，她也不必問。

——我還活著，沈璧君卻已死了？

——他把我救了回來，卻永遠失去了沈璧君？

風四娘沒有動，沒有開口，可是她的心已碎了，碎成了無數片。

她痛苦，並不是完全爲了沈璧君的死，而是爲了蕭十一郎。

她深深了解到他心裡的痛苦和悲傷，這種悲痛除了她之外，也許沒有第二個人能想像。

蕭十一郎就坐在艙門旁，癡癡的望著門外的欄杆，欄外的湖水。

西湖的水波依舊還是那麼美。

沈璧君呢？

如此美麗的湖水，爲什麼也會做出那麼殘酷無情的事？

蕭十一郎也沒有動，沒有開口。

他的衣服已被自遠山吹過來的秋風吹乾了，他的淚也乾了。

春蠶的絲已吐盡，蠟炬已成灰。

陽光更燦爛。

在如此艷麗的陽光下，人世間爲什麼還會有那麼多悲傷和不幸？

風四娘慢慢的站起來，慢慢的走過去，坐在他身旁。

蕭十一郎沒有回頭，沒有看她。

風四娘倒了杯酒，遞過去。

蕭十一郎沒有拒絕，也沒有伸手來接。

看見他空空洞洞的眼睛，看到他空空洞洞的臉，風四娘幾乎已忍不住要將他抱在懷裡，用自己所知道的一切法子來安慰他。

她沒有這麼做。

因爲她知道，此時此刻，所有的安慰對他來說，都只不過是種尖針般的諷刺。

世上已沒有任何事能安慰他，可是無論什麼事都可能傷害到他。

這種心情，也只有她能了解。

日色不斷的昇高，水波不停的流動……

風中不時傳來一陣陣歌唱歡笑，現在正是遊湖的好時候，連風都是清涼溫柔的。

蕭十一郎額上卻已流下了汗。

冷汗！

只有在心裡覺得恐懼的時候，才會流冷汗。

她也了解他心裡的恐懼。

生命並不如人們想像中那麼短促，一年有那麼多天，一生有那麼多年，那空虛、寂寞、孤獨、漫長的歲月，叫他如何過得下去？

風四娘用力咬著嘴唇，忍住了眼淚，抬起頭，才發現日色已偏西。

一天中最可貴的時候已過去。

從現在開始，風只有愈來愈冷，陽光只有愈來愈黯淡。

他們就這樣不聲不響的坐著，已不知不覺坐了好幾個時辰。

這段時候過得並不快。

絕沒有任何人能想像，他們是如何捱過去的。

風四娘只覺得全身都已坐得麻痺，卻還是沒有動。

她的嘴唇已乾裂，酒杯就在她手裡，她卻連一口也沒有喝。

又是一陣秋風吹過，蕭十一郎忽然道：「你能不能說說話？」

他的聲音雖低，風四娘卻吃了一驚。

她想不到他會忽然開口，她也不知道自己應該說些什麼？

此時此刻，她又能說什麼？

蕭十一郎空虛的目光還是停留在遠方，喃喃道：「隨便你說什麼，只要你說……最好不停的說。」

他們實在已沉默了太久，這種沉默簡直可以令人發瘋。

——沈璧君？

這本是風四娘最想問的一句話，可是她不敢問。

她舉起酒杯，想把杯中的酒一口下去，卻又慢慢的放下酒杯。

蕭十一郎道：「你本該有很多話說的，爲什麼不說？」

風四娘終於輕輕吐出口氣，囁嚅著道：「我……我正在想……」

蕭十一郎道：「想什麼？」

風四娘道：「我正想去找冰冰。」

蕭十一郎道：「你不必找。」

風四娘道：「不必？」

蕭十一郎道：「因爲她也走了，我回來的時候，她已走了。」

他臉上還是沒有表情，可是眼睛卻在不停的跳動。

雖然他已用盡所有的力量來控制自己，但是就連他自己身上也有很多事是他自己無法控制的。

——冰冰果然也走了。

——無論如何，逍遙侯總是她的骨肉。

——他既然還沒有死，就一定會再來。

——他既然一定會來，她豈非也就一定要走？

——沈璧君都已走了，她爲什麼不能走？

風四娘用力握著手，指甲已刺入肉裡。

她忽然很恨沈璧君。

現在眼看著已快到了蕭十一郎一生中最重要的時刻，在那一刻裡，他的生命和榮譽，都要受到最可怕的考驗和判決。

不是生，就是死。

不是光榮的活下去，就得屈辱的死。

這正是他最需要安慰和鼓勵的時候，可是她居然走了。

她走，雖然也是因爲愛。

她愛得雖然很真，很深，可是她的愛卻未免太自私了些。

對風四娘說來，愛不僅是種奉獻，也是種犧牲，完完全全的徹底犧牲。

要犧牲就得有忍受痛苦和羞辱的勇氣。

她若是沈璧君，就算明知要面對一切痛苦和羞辱，也絕不會死的。

她絕不會以「死」來逃避。

蕭十一郎道：「你想不到冰冰會走？」

風四娘道：「我……」

蕭十一郎打斷了她的話，道：「無論你怎麼想，都想錯了。」

風四娘道：「可是……」

蕭十一郎道：「因爲你不了解她，所以你絕對想不到她爲什麼要走。」

他要風四娘說話，卻又不停的打斷她的話。

他要風四娘說話的時候，也許就正是他自己想說話的時候。

人的心理，豈非總是充滿了這種可悲又可笑的矛盾。

風四娘只有聽他說下去。

蕭十一郎果然又接著道：「很久很久以前，她就告訴過我，她要死的時候，一定會悄悄的溜走，既不告訴我，也不讓我知道。」他的眼角又在跳動：「因爲她不願讓我看著她死，她寧願一個人偷偷的去死，也不願讓我看著難受。」

風四娘黯然道：「我本該想到的，我知道她是個倔強好勝的女孩子，也知道她的病。」

蕭十一郎道：「可是你剛才一定想錯了，真正了解一個人並不容易。」

這句話中是不是還另有深意？

他是不是在後悔，一直都沒有真正了解過沈璧君？

風四娘不讓他再想下去，立刻又問道：「她的病最近又重了？」

蕭十一郎道：「就因爲她的病已愈來愈惡化，已不能跟著我到處去流浪，所以我們才會在這裡停留下來。」

風四娘道：「你故意將這一帶的江湖豪傑都請了來，爲的就是要讓她看看，其中是不是還有天宗的屬下？」

蕭十一郎慢慢的點了點頭，過了很久，才緩緩道：「我也希望你們聽到我的消息後，會找到這裡來，可是我想不到……」

——他想不到她們這一來，竟鑄下了永遠也無法彌補的大錯。

這句話他並沒有說出來，風四娘也沒有讓他說出來。

她已改變了話題，道：「你真的認爲那瞎子就是逍遙侯？」

蕭十一郎道：「至少很有可能。」

風四娘道：「難道他就是那個養狗的人？難道跟連城璧約會的就是他？」

蕭十一郎道：「我希望是他。」

風四娘道：「爲什麼？」

蕭十一郎道：「因爲應該算清的帳，遲早總是要算的，能一次算清豈非更好？」

——這筆帳真的能一次算清？

——這麼多恩怨糾纏，情仇交結，一次怎麼能算得清？

——也許只有一種法子能算得清。

——一個人若是死了，就再也不欠別人的，別人也不再欠他。

風四娘看著他，忽然發覺自己也在流著冷汗，因爲她心裡忽然也有了和蕭十一郎同樣的恐懼。

生命是美麗的。

春天的花，秋天的樹，早上的陽光，晚上的月色，風中的高歌，雨中的漫步……

這一切全都是美麗的。

可是等到不再有人能跟你分享這些事時，它就只會讓你覺得更寂寞，更痛苦。

要用什麼法子才能讓蕭十一郎振作起來？

蕭十一郎忽然道：「今夜還不到十五，我們還可以大醉一場。」

風四娘道：「你想醉？」

蕭十一郎道：「你陪不陪我？」

風四娘已站起來，道：「我去找酒。」

樓下就有酒，卻已沒有人。

所有的人都已走了，連這水月樓船上的伙伴和船孃也走了。

船在湖心，船上已只剩下他們兩個人，這裡已成了他們兩個人的世界。

可是這世界爲什麼如此殘酷？

能和蕭十一郎單獨相處，本是風四娘最大的願望，最大的快樂。

可是現在她心裡卻有種令她連腳尖都冷透的恐懼。

難道所有的人都已背棄了他們？難道他們已只有仇敵，沒有朋友？

能幫助他們的人的確已不多。

風四娘輕輕吐出口氣，提起精神，找了缸最陳的酒。

——不管怎麼樣，我們總算還在一起。

——我們就算死，好歹也死在一起。

於是她大步走上了樓。

又是一天過去，又是夜深時候。

酒缸子擺在桌上，蕭十一郎和風四娘面對面的坐著，兩個人雖然都沒有提起沈璧君，可是心裡卻都有個抹也抹不去，忘也忘不了的影子。

這影子就像是一道看不見的高牆，把他們兩個人隔開了。

風四娘只覺得自己和蕭十一郎之間的距離，彷彿比他們剛認識的時候還疏遠。

蕭十一郎忽然道：「我們認識好像已有十多年了。」

風四娘道：「十六年。」

她嘴裡發苦，心裡也是苦的——十六年，人生中又有幾個十六年？

蕭十一郎道：「這些年來，我們相見的時候雖不多，可是我知道你比誰都了解我。」

風四娘默默的點了點頭。

蕭十一郎道：「所以你也該原諒我。」

風四娘道：「原諒你？」

蕭十一郎道：「我這一生中所做的錯事太多，本不該要人原諒的。」

風四娘道：「每個人都難免有錯。」

蕭十一郎道：「無論誰做錯了事，都得付出代價。」

風四娘用力握緊了自己的手，道：「你想付出什麼代價？死？」

蕭十一郎沉默著，過了很久，才緩緩道：「生有何歡？死有何懼？」

風四娘打斷了他的話，道：「所以你想死，所以你要我原諒你，因爲你自己也知道，你若死了，就更對不起我。」

蕭十一郎也用力握緊了自己的手，黯然道：「我若不死，又怎麼能對得起她？」他不讓風四娘開口，接著又道：「這世上若是沒有我這麼樣一個人，她一定會快快活活的活下去，可是現在……」

風四娘忽然站起來，道：「下面還有酒，我再去找一缸，我還想喝。」

她並不是真的想醉，只不過不願聽他再說下去，她畢竟只是個女人。

樓下的燈光早已滅了，樓梯窄而黑暗，她一步步走下去，只覺得心裡飄飄忽忽，整個人都彷彿變成了空的。

月光從窗外照進來，月色如此溫柔，她走下樓，抬起頭，忽然發現有個人動也不動的坐在黑暗裡。

「什麼人？」

黑暗中的人既沒有動，也沒有開口。

風四娘也沒有再問，她已看清了這個人——一件破舊的青布長衫，一個平板的白布面具。

那神秘的青衣人又來了，這次來的當然絕不會是史秋山。

風四娘道：「你究竟是誰？」

青衣人還是沒有動，沒有開口，在黑暗中看來，就像是個枉死的鬼魂，又回來向人索命。

風四娘長長吸了口氣，冷笑道：「不管你是人是鬼，這次你既然又來了，就得讓我看看你的臉，否則你就算是鬼，也休想跑得了。」

她的眼睛發著光，她已快醉了。

風四娘已經快醉了的時候，若是想做一件事，天上地下所有的人和鬼加起來，也休想攔得住她。

風四娘怔住，又長長吐出口氣，道：「連城璧，果然是你。」

這人還是沒有動，月光恰巧照在他臉上。

她忽然衝過去，掀起了這人的面具。

連城璧蒼白的臉上全無血色，眼睛裡卻佈滿了血絲，竟像是也曾流過淚。

風四娘冷笑道：「一向自命不凡的無垢公子，幾時也變得不敢見人了？」

連城璧冷冷的看著她，一張臉還是像戴著個面具一樣。

這種沒有表情的表情，有時就是種最悲傷的表情。

——他和沈璧君，豈非本是對人人都羨慕的少年俠侶？

——這世上若沒有蕭十一郎，他豈非也可以快快活活的活下去？

想起了他的遭遇，風四娘的心又軟了，忍不住嘆息道：「你若也想喝杯酒，就不妨跟我上去，你記不記得我們以前也曾在一起喝過酒的？我們三個人。」

連城璧當然記得，那些事本就是誰都忘不了的。

他看著風四娘，不禁也長長嘆息，就在他的嘆息聲中，風四娘忽然看見一隻手伸了過來。

一隻很白，很秀氣的手，手腕纖秀，手指柔細。

可是風四娘看見了這隻手，一顆心卻已沉了下去，她已認出了這是誰的。

就在這時，這隻纖美柔白的手，已閃電般擰住了她的臂。

只聽一個人在她身後帶著笑道：「你記不記得我們以前也曾在一起喝過酒的，只有我們兩個人。」

他的笑聲也很溫柔，他的手卻已變得像副鐵打的手銬。

花如玉，風四娘用不著回頭去看，就知道這個人一定是花如玉。

她寧願被毒蛇纏住，也不願讓這個人碰她一根手指。

花如玉的另一隻手，卻偏偏又摟住了她的腰，微笑道：「你記不記得我們喝的還是洞房花燭酒。」

風四娘沒有開口，她想大叫，想嘔吐，想一腳把這個人活活踢死，可惜她卻只能乖乖的站著。

她全身都已不能動，全身都已冷透，幸好這時她已看見了蕭十一郎。

蕭十一郎就站在樓梯上，臉色甚至比連城璧更蒼白，冷冷道：「放開她！」

花如玉眨了眨眼睛，故意問道：「你是她的什麼人？憑什麼要我放開她？」

蕭十一郎道：「放開她！」

花如玉道：「你知不知道我是她的什麼人？知不知道我們已拜過天地，入過洞房？」

蕭十一郎的手握緊刀柄。

刀是割鹿刀，手是蕭十一郎的手，無論誰看見這隻手握住了這柄刀，都一定再也笑不出的。

花如玉卻笑了，而且笑得很愉快，道：「我認得這把刀，這是把殺人的刀。」

蕭十一郎並不否認。

花如玉又笑道：「只可惜這把刀若出鞘，第一個死的絕不是我，是她！」

蕭十一郎的手握得更緊，但卻已拔不出這把刀。

他知道花如玉說的不是假話。

花如玉悠然道：「我還可以保證，第二個死的人也絕不是我，是你！」

蕭十一郎道：「哦？」

花如玉道：「所以你就算想用你的一條命，換她一條命，我也不會答應，因爲你已死定了。」

蕭十一郎的瞳孔在收縮，他已發覺黑暗中又出現了兩個人，手裡拿著三件寒光閃閃的外門兵器。

一柄帶著長鏈的鈎鐮刀，一對純銀打成的狼牙棒。

這兩種兵刃一種輕柔，一種極剛，江湖中能使用的人已不多。

只要是能使用這種兵刃的人，就無疑的是一等一的高手。

蕭十一郎的心也在往下沉。

他知道自己的確已沒法子能救得了風四娘。

風四娘大聲道：「我用不著你陪我死，我既然已死定了，你還不快走？」

蕭十一郎看著她，眼睛裡帶著種很奇怪的表情，也不知是憤怒？是留戀？還是悲傷。

花如玉又笑道：「你不該要他走的。」

風四娘道：「爲什麼？」

花如玉道：「因爲你本該知道，這世上只有斷頭的蕭十一郎，絕沒有逃走的蕭十一郎。」

風四娘咬著牙，道：「那麼你最好就趕快殺了我。」

花如玉道：「你不想看著他死？」

風四娘恨恨道：「我只不過不想看著他死在你這種卑鄙無恥的小人手上。」

花如玉又笑了，道：「我若一定要你看著他死，你又能怎麼樣？」

他揮了揮手，狼牙棒和鉤鐮刀的寒光已開始閃動。

蕭十一郎的刀卻還未出鞘。

花如玉微笑道：「我絕不會讓你先死的，因爲只要你活著，他就絕不敢拔出他的刀。」他微笑著，轉向蕭十一郎道：「因爲只要你的刀一出鞘，你就得看著她死了，我保證一定死得很慘。」

蕭十一郎拔刀之快，世上並沒有第二個人比得上，可是現在，他只覺得手裡的這柄刀，比泰山還重。

連城璧一直冷冷的看著他，忽然道：「解下你的刀，我就放開她。」

蕭十一郎連一句話都沒有再問，也沒有再考慮，就已解下了他的刀。

這柄刀是割鹿刀，是他用生命血淚換來的。

可是現在他隨隨便便就將這柄刀拋在地上。

只要能救風四娘，他連頭顱都可以拋下，何況一把刀？

花如玉忽然大笑，道：「現在她更死定了，你也死定了。」

割鹿刀是把殺人如割草的快刀。

蕭十一郎的手是揮刀如閃電的快手。

世上絕沒有任何一把刀的鋒利，能比得上割鹿刀。

世上也絕沒有任何一個人的手，能使得出蕭十一郎那麼可怕的刀法。

他雖然不能拔刀，不敢拔刀，可是只要刀還在他手裡，就絕沒有人敢輕舉妄動。

現在這把刀卻已被他隨隨便便的拋在地上。

看著這把刀，風四娘的淚已流下。

直到現在，她才真正明白，爲了她，蕭十一郎也同樣不惜犧牲一切的。

他可以爲沈璧君死，也可以爲她死。

他對她們的感情，表面上看來雖不同，其實卻同樣像火焰在燃燒著。

被燃燒的是他自己。

她流著淚，看著蕭十一郎，心裡又甜又苦，又喜又悲，終於忍不住放聲痛哭，道：「你真是個呆子，不折不扣的呆子，你爲什麼總是爲了別人做這種傻事？」

蕭十一郎淡淡道：「我不是呆子，你是風四娘。」

這只不過是簡簡單單十個字，又有誰知道，這十個字中包含著多少情感，多少往事。

那些既甜蜜、又辛酸、既痛苦、又愉快的往事……

風四娘心已碎了。

連城璧慢慢的站起，慢慢的走過來，拾起了地上的刀，忽然閃電般拔刀。

他拔刀的刀法，居然也快得驚人。

刀光一閃，又入鞘，桌上的金樽竟已被一刀削成兩截。

琥珀色的酒，鮮血般湧出。

連城璧輕輕撫著刀鞘，眼睛裡已發出了光，喃喃道：「好刀，好快的刀。」

花如玉眼睛也在發光，道：「刀若不快，又怎麼能割下蕭十一郎的頭顱？」

蕭十一郎現在豈非已如中原之鹿，已引來天下英雄共逐？

——群雄逐鹿，唯勝者得鹿而割之。

連城璧仰面長嘆，道：「想不到這把刀總算也到了我手裡。」

花如玉笑道：「我卻早已算出來，這把刀遲早總是你的。」

連城璧忽然道：「放開她。」

花如玉臉上的笑容立刻僵住，道：「你……你真的要我放開她？」

連城璧冷冷道：「你難道也把我當做了言而無信的人？」

花如玉道：「可是你……」

連城璧道：「我說出的話，從無反悔，可是我說過，只要他解下刀，我就放開風四娘。」

花如玉眼睛又亮了，問道：「你並沒有說，放開她之後，就讓她走。」

連城璧淡淡道：「我沒有。」

花如玉道：「你也沒有說，不用這把刀殺她。」

連城璧道：「也沒有。」

花如玉又笑了，大笑著鬆開手，道：「我先放開她，你再殺了她，好……」

他的笑聲突然停頓。

就在這時，刀光一閃，一條手臂血淋淋的掉了下來。

笑聲突然變成了慘呼。

這條手臂並不是風四娘的，而是他的。

連城璧冷冷道：「我也沒有說過不殺你。」

花如玉厲聲道：「你殺了我，你會後悔的。」

這句話他還沒有說完，刀光又一閃，他的人就倒了下去。

他死也想不到連城璧會真的殺了他。

無論誰都想不到。

月色依舊，夜色依舊。

風中卻已充滿了血腥氣——血本是最純潔，最可貴的，爲什麼會有這種可怕的腥味？

風四娘只覺得胃部不停的抽搐，幾乎已忍不住要嘔。

無論多尊貴美麗的人，若是死在刀下，都一樣會變得卑賤醜陋。

她從來也不忍去看人，可是現在又忍不住要去看。

因爲她直到現在，還不能相信花如玉真的死了。

看著蜷伏在血泊中的屍體，她幾乎還不能相信這個人，就是那赤鍊蛇般狡猾毒辣的花如玉。

——原來他的血也是紅的。

——原來刀砍在他脖子上時，他也一樣會死，而且死得也很快。

風四娘終於吐出口氣，忽然發現冷汗已濕透了重衣。

卅　一不做二不休

月光照在連城璧手裡的刀上，刀光仍然晶瑩明亮，宛如一泓秋水，刀上沒有血，連城璧蒼白的臉上也沒有血色，他輕撫著手裡的刀鋒，忽又長長嘆息，道：「果然是天下無雙的利器，果然名下無虛。」

蕭十一郎看著他，眼睛裡又露出種很奇怪的表情，卻沒有開口，別的人當然更不會開口，船艙中只聽得見急促的呼吸聲，狼牙棒已垂下，鈎鐮刀已無光，兩個人已準備慢慢的溜了。

連城璧忽然招了招手，道：「何平兄，請過來說話。」

「鈎鐮刀」遲疑著，終於走過來，勉強笑道：「公子有何吩咐？」

連城璧道：「我只不過想請教一件事。」

何平鬆了口氣，道：「不敢。」

連城璧道：「你知不知道我爲什麼要殺花如玉？」

何平立刻搖頭。

他並不是笨蛋，「知道得太多的人，總是活不長的」，這道理他當然也懂。

連城璧道：「你真的不知道？」

何平道：「真的不知道。」

連城璧嘆了口氣，道：「連這種事都不知道，你這人活著還有什麼意思？」

何平的臉色變了，突然空翻身，一柄月牙形的鈎鐮刀已從半空中急削下來，他這柄鈎鐮刀本是東海秘傳，招式奇詭，出手也快，的確可算是江湖中的一流高手，這一刀削下來，寒光閃動，刀風呼嘯，以攻爲守，先隔斷了自己的退路。

只可惜他還是隔不斷割鹿刀，「叮」的一聲，鈎鐮刀已落地，刀光再一閃，鮮血飛濺而出。

何平的人也突然從半空中掉下來，正落在自己的血泊中。

連城璧一刀出手，就連看也不再看他一眼，轉過頭道：「鄭剛兄，我也有件事想請教。」

鄭剛手裡緊握著他的純銀狼牙棒，道：「你說，我聽得見。」

他當然不肯過來，想不到連城璧卻走了過去，他退了兩步，退無可退，忽然大聲道：「我跟姓花的素無來往，你就是再砍他十刀，我也不會多說一句話。」

連城璧淡淡道：「我只不過問你，你知不知道我爲什麼要殺他？」

鄭剛立刻點頭，他也不笨，當然絕不會再說「不知道」。

連城璧道：「你知道我是爲了什麼？」

鄭剛道：「我們本是來殺蕭十一郎的，可是你卻忽然改變了主意。」

連城璧道：「說下去！」

鄭剛臉上陣青陣紅，終於鼓起勇氣，接著道：「臨陣變節，本是『天宗』大忌，你怕他洩露這秘密，就索性殺了他滅口。」

連城璧又嘆了口氣，道：「你連這種事都知道，我怎麼能讓你活下去？」

鄭剛臉色也變了，忽然怒吼一聲，左手狼牙棒「橫掃千軍」，右手狼牙棒「泰山壓頂」，兵器帶著風聲雙雙擊出，他這對純銀牙棒淨重七十三斤，招式剛猛，威不可擋，可惜他慢了一步，雪亮的刀鋒，已像是道閃電打在他身上。

——你知不知道閃電的力量和速度？

刀上還是沒有血。

連城璧凝視著刀鋒，目光中充滿讚賞與愛惜，喃喃說道：「果然天下無雙的利器，果然名下無虛。」

他把這句話又說了一遍，聲音裡也充滿了讚賞與愛惜。

風四娘忽然道：「一別經年，你的出手好像一點也沒有慢。」

連城璧道：「這把刀也沒有鈍。」

風四娘道：「我只知道你的劍法很高，想不到你也會用刀。」

連城璧道：「刀劍都是殺人的利器，我會殺人。」

風四娘勉強笑了笑，道：「會用刀的人，若是有了這麼樣一把刀，肯不肯再還給別人？」

連城璧道：「不肯。」

他又將刀鋒輕撫了一遍，突然揮了揮手，手裡的刀就飛了出去。

刀光如虹，飛向蕭十一郎，在前面的卻不是刀鋒，是刀柄。

連城璧淡淡道：「我也絕不肯將這把刀還給別人，我只肯還給他。」

風四娘的眼睛也亮了，瞪著眼道：「為什麼？」

連城璧道：「因為他是蕭十一郎。」

風四娘道：「只有蕭十一郎才配用這把刀？」

連城璧慢慢的點了點頭，道：「不管他這人是善是惡，普天之下，的確只有他才配用這把刀。」

風四娘道：「這把刀若不是刀，而是劍呢？」

連城璧嘴角忽然露出種奇特的微笑，緩緩道：「這把刀若是劍，這柄劍就是我的。」

他的聲音冷淡緩慢，卻充滿了驕傲和自信。

多年前他就已有了這種自信，他知道自己必將成為天下無雙的劍客。

風四娘看著他，輕輕嘆了口氣，道：「看來你的人也沒有變。」

蕭十一郎已接過他的刀，輕撫著刀鋒，道：「有些人就像是這把刀一樣，這把刀永不會鈍，這種人也永不會變。」他忽然轉過頭，凝視著連城璧，又道：「我記得你以前也喝酒的？」

連城璧道：「你沒有記錯。」

蕭十一郎道：「現在呢？」

連城璧也抬起頭，凝視著他，過了很久，才緩緩道：「你說過，有種人是永遠不變的，喝酒的人就通常都是這種人。」

蕭十一郎道：「你是不是這種人？」

連城璧道：「是。」

一缸酒擺在桌上，他們三個人面對面的坐著。

現在他們之間雖然多了一個人，風四娘卻覺得自己和蕭十一郎的距離又變得近了些。

因爲他們都已感覺到，這個人身上彷彿有種奇特的壓力。

一種看也看不見，摸也摸不到的壓力，就像是一柄出鞘的劍。

他們以前也曾在「紅櫻綠柳」身上感覺過這種同樣的壓力。

現在連城璧給他們的壓力，竟似比那時更強烈。

風四娘已不知不覺間，靠近了蕭十一郎，直到現在，她才發現連城璧這個人還比她想像中更奇特，更不可捉摸。

她忍不住問道：「你本來真的是要來殺我們的？」

連城璧道：「這本是個很周密的計劃，我們已計劃了很久。」

風四娘道：「可是你卻忽然改變了主意。」

連城璧道：「我的人雖然不會變，主意卻常常會變。」

風四娘道：「這次你爲什麼會變？」

連城璧道：「因爲我聽見了你們剛才在這裡說的話。」

風四娘道：「你全都聽見了。」

連城璧道：「我聽得很清楚，所以我才能了解他是個什麼樣的人。」

風四娘道：「你真的已了解？」

連城璧道：「至少我已明白，他並不是別人想像中那種冷酷無情的人，他雖然毀了我們，可是他心裡卻可能比我們更痛苦。」

風四娘黯然道：「只可惜他的痛苦從來也沒有人了解，更沒有人同情。」

連城璧沉默著，過了很久，才緩緩道：「快樂雖有很多種，真正的痛苦，卻是同樣的，你若也嘗受過真正的痛苦，就一定能了解別人的痛苦。」

風四娘道：「也只有真正嚐過痛苦滋味的人，才能了解別人的痛苦。」

連城璧道：「我了解，我很久以前就已了解……」

他的目光凝視著遠方，遠方夜色朦朧，他的眼睛裡也已一片迷濛。

是月光迷漫了他的眼睛？還是淚光？

看著他的眼睛，風四娘忽然發現，他和蕭十一郎所忍受的痛苦，的確是同樣深邃，同樣強烈的。

連城璧又道：「就因爲我了解這種痛苦的可怕，所以才不願看著大家再爲這件事痛苦下去。」

風四娘道：「真的？」

連城璧笑了笑，笑容卻使得他神情看來更悲傷淒涼。

他黯然低語，道：「該走的，遲早總是要走了，現在她已走了，已去到她自己想去的地方，也已將所有的恩怨仇恨都帶走了，這既然是她的意思，我們為什麼不能把心裡的仇恨忘記？」

風四娘輕輕嘆息，悽然道：「不錯，她的確已將所有的仇恨帶走了，我現在才明白她的意思，我一直都誤會了她。」

她不敢去看蕭十一郎，也不忍去看。

她自己也已熱淚盈眶。

連城璧道：「該走的已走了，該結束的也已將結束，我又何必再製造新的仇恨？」

風四娘道：「所以你才會改變了主意？」

連城璧又笑了笑，道：「何況我也知道每個人都難免會做錯事的，一個人若能為自己做錯了的事而痛苦，豈非就已等於付出了代價。」

風四娘看著他，就好像從來也沒有看見過這個人一樣。

也許她的確直到現在才真正看清了他。

她忽然問道：「你也做錯過事？」

連城璧道：「我也是人。」

風四娘道：「你也已知道你本不該投入『天宗』的？」

連城璧道：「這件事我並沒有錯。」

風四娘道：「沒錯？」

連城璧道：「我入天宗，只有一個目的。」

風四娘道：「什麼目的？」

連城璧道：「揭發他們的陰謀，徹底毀滅他們的組織。」他握緊雙拳，接著道：「我故意裝作消沉落拓，並不是爲了要騙你們，你現在想必已明白我爲的是什麼？」

風四娘道：「我一點也不明白。」

連城璧喝了杯酒，忽然問道：「你知不知道連城璧是什麼樣的人？」

風四娘也喝了杯酒，才回答：「是個很冷靜，很精明，也很自負的人。」

連城璧道：「像這麼樣一個人，若是突然要投入天宗，你會怎麼想？」

風四娘道：「我會想他一定別有用心。」

連城璧道：「所以你若是天宗的宗主，就算讓他入了天宗，也一樣會對他份外提防的。」

風四娘道：「不錯。」

連城璧道：「可是一個消沉落拓的酒鬼，就不同了。」

風四娘道：「但我卻還是不懂，你爲什麼要對付天宗？爲什麼要如此委曲自己？」

連城璧目光又凝視在遠方，又過了很久，才徐徐道：「自從我的遠祖雲村公赤手空拳，創建了無垢山莊，到如今已三百年，這三百年來，無垢山莊的子弟，無論在何時何地，都同樣受人尊敬。」

風四娘默默的爲他斟了杯酒，等著他說下去。

連城璧道：「我的玄祖天峰公，爲了替江湖武林同盟爭一點公道，獨上天山，找當時威鎮天下的天山七劍惡戰三晝夜，負傷二十九處，卻終於還是逼著天山七劍同下江南，負荊請罪。」他舉杯一飲而盡，蒼白的臉上已現出紅暈，接著道：「五十年前，魔教南侵，與江南水霸勾結，組成七十二幫黑道聯盟，先祖父奮袂而起，身經大小八十戰，戰無不勝，江南武林才總算沒有遭受到他們的荼毒，有很多人家至今還供著他老人家的長生祿位。」

風四娘也不禁舉杯一飲而盡。

聽到了這些武林前輩的英雄事蹟，她總是會變得像孩子一樣興奮激動。

連城璧也顯然很激動，大聲道：「我也是連家的子孫，我絕不能讓無垢山莊的威名毀在我手上，也絕不能眼看著天宗的陰謀得逞。」

風四娘再次舉杯，道：「就憑這句話，我已該敬你三杯。」

連城璧居然真的喝了三杯，忽又長嘆道：「只可惜直到現在，我還不知道天宗的宗主究竟是誰？」

風四娘怔了怔，道：「你還不知道？」

連城璧搖搖頭。

風四娘道：「難道他在你面前，也從來沒有露出過真面目？」

連城璧道：「沒有。」

風四娘道：「難道他還不信任你？」

連城璧長嘆道：「他從來也沒有信任過任何人，這世上唯一能見到他真面目的，也許只有他養的那條狗了。」

風四娘笑了，苦笑。

就在這時，遠處忽然傳來了兩三聲犬吠。

連城璧臉色變了變，冷笑道：「我就知道他一定會來的。」

風四娘道：「他雖然養了條狗，養狗的人卻未必一定就是他。」

連城璧道：「一定是他。」

風四娘道：「你們約的豈非是月圓之夜？」

連城璧道：「今夜的月就已圓了。」

風四娘抬頭望出去，一輪冰盤般的圓月，正高掛在窗外。

風中又傳來兩聲犬吠，距離已近了些，彷彿已到了窗外。

風四娘也緊張了起來，壓低聲音道：「他知道你在這裡？」

連城璧道：「但他卻不知道我已改變了主意。」

風四娘道：「現在他一定以爲蕭十一郎已死在你手裡。」

連城璧道：「所以他一定要來看看。」

風四娘道：「看什麼？」

連城璧道：「看蕭十一郎的人頭。」

風四娘苦笑道：「難道他一定要親眼看見蕭十一郎的人頭落地？」

連城璧道：「他自己也說過，只要蕭十一郎還活著，他就食不知味，寢難安枕。」

風四娘眼珠子轉了轉，又問道：「這件事你們已計劃了多久？」

連城璧道：「已有半個月了。」

風四娘道：「半個月前，你們怎麼知道蕭十一郎會到這水月樓來？」

連城璧淡淡道：「無論誰身邊，都難免有人會走漏消息，將他的行跡洩露出來。」

風四娘道：「你認爲是誰洩露了他的行蹤？」

連城璧道：「不知道。」

風四娘沉吟著，道：「半個月之前，也許連蕭十一郎都不知道他會到水月樓來。」

連城璧道：「一定有個人知道的，否則我們又怎會把約會訂在這裡？」

風四娘不說話了，她忽然想起件很可怕的事。

——蕭十一郎的西湖之行，豈非是冰冰安排的？

——難道冰冰會把他的行跡洩露出去？

在他還沒有到西湖來的時候，豈非只有冰冰知道他一定會來？

因爲她知道自己無論要到什麼地方去，蕭十一郎絕不會反對。

風四娘只覺得手腳冰冷，忍不住偷偷瞟了蕭十一郎一眼。

蕭十一郎臉上卻完全沒有表情，就像是根本沒有聽見他們在說什麼。

連城璧忽然又道：「天宗組織之嚴密，天下無雙，可是天宗裡卻也難免有叛徒存在。」

風四娘立刻問道：「你知道那些叛徒是些什麼人？」

連城璧道：「都是些死人。」

風四娘怔了怔，道：「死人？」

連城璧道：「據我所知，天宗的叛徒，現在幾乎都已死得乾乾淨淨。」

風四娘道：「是誰殺了他們？」

連城璧道：「蕭十一郎！」

蕭十一郎居然會替天宗清理門戶，這豈非是件很可笑的事？

風四娘卻覺得很可怕，愈想愈可怕，幸好這時她已不能再想下去。

湖上又傳來了兩聲犬吠，一葉扁舟，在月下慢慢的盪了過來。

舟上有一條狗，三個人，一個頭戴草帽的漁翁把舵搖櫓，一個青衣垂髫的童子肅立船首，手裡挑著盞白紙燈籠，燈籠下坐著個黑衣人，一張臉在燈下閃閃的發著光，一雙手也在發著光，手裡卻抱著一條狗。

天宗的宗主終於出現了，「他臉上怎麼會發亮的？」

「他臉上戴著個面具，手上也戴著雙手套，也不知是用什麼皮做成的，一到了燈下就會閃閃生光。」

「他總是坐在燈下。」

「不錯。」

連城璧壓低聲音，道：「所以你只要多看他兩眼，你的眼睛就會花了。」

風四娘沒有再問，一顆心跳得幾乎已比平時快了兩倍。

她只希望這個人快點上船來，她發誓一定要親手揭下他的面具，看看他究竟是誰？

誰知這條小船遠遠的就停了下來，黑衣人懷裡的小狗忽然跳到船頭，對著月亮，「汪、汪、汪、」的叫了幾聲，湖上立刻又響起了一片犬吠聲，又有三條小船遠遠的盪了過來。

每條船上都有一條狗，三個人。

卅一 月圓之約

輕舟在水上飄盪，全都遠遠的停下，四條狗的形狀毛色完全一模一樣，四個人的裝束打扮也完全一模一樣。

白紙燈籠下，四個人的臉全都在閃閃的發光，看來實在是說不出的詭秘恐怖。

風四娘已怔住。

她回頭去看連城璧，連城璧的表情也差不多，顯然也覺得很驚訝。

船首上的小狗已跳回黑衣人的懷裡，提燈的青衣童子忽然高呼：「連公子在哪裡？請過來相見。」

四個人同時開口，同時閉口，說的話也完全一字不差。

風四娘聲音更低，道：「你過不過去？」

連城璧搖搖頭。

風四娘道：「為什麼？」

連城璧道：「我一去就必死無疑。」

風四娘不懂。

連城璧道：「這四人中只有一個是真的天宗主人。」

風四娘道：「你也分不出他們的真假？」

連城璧搖搖頭，道：「所以我不能過去，我根本不知道應該上哪條船。」

風四娘道：「難道你上錯了船就非死不可？」

連城璧道：「這約會是花如玉訂的，他們之間一定已約好了見面的法子。」

風四娘道：「花如玉沒有告訴你？」

連城璧道：「沒有。」

風四娘輕輕嘆息，道：「難怪他臨死前還說，你若殺了他，必定會後悔。」

忽然間，四條小舟中居然有一條向水月樓這邊盪了過來。

風四娘精神一振，道：「世上有很多事都是這樣子的，你若堅持不肯過去，他就只好過來了。」

連城璧道：「你知道來的人是真是假？」

風四娘道：「不管他是真是假，我們都不妨先到燈下去等著他。」

輕舟慢慢的盪了過來，終於停在水月樓船的欄杆下。

黑衣人剛站起來，他懷裡的小狗已跳上船頭，「汪、汪、汪」的叫著，奔入了船艙。

船艙裡一片黑暗，這條狗一奔進來，就竄到花如玉的屍體上，叫的聲音忽然變得淒厲而悲傷。

他活著時從未給人快樂，所以他死了後，爲他傷心的也只有這條狗。

風四娘忽然又覺得要嘔吐。

她勉強忍住，艙外的腳步聲已漸漸近了，就像是風吹過落葉。

忽然間，門外出現了一張發光的臉。

風四娘正想撲過去，已有兩條人影同時從她身後竄出。

就連她都從來也沒有見過動作這麼快的人，她忽然發現連城璧身手之矯健，反應之快，竟似已不在蕭十一郎之下。

剛走入船艙的黑衣人顯然也吃了一驚，剛想退出去，肋骨下的軟骨上已被人重重的打了一拳，打得他滿嘴苦水。

他想放聲大叫，另一隻拳頭已迎上了他的臉。

他眼前立刻出現了滿天金星，身子斜斜的衝出兩步，終於倒了下去，倒在風四娘腳下。

風四娘剛才憋住的一口氣才吐出來，這人就已倒下。

他的腳步很輕，輕功顯然不弱，動作和反應也很快，事實上，他的確也是武林中的一等高手。

只可惜他遇見了天下最可怕的對手。

天下絕沒有任何人能擋得住連城璧和蕭十一郎的聯手一擊。

何況，他們這一擊勢在必得，兩個人都已使出了全力。

兩個人在黑暗中對望了一眼，眼睛裡都帶著種很奇怪的表情，也不知是在互相警惕，還是惺惺相惜。

連城璧輕輕吐出口氣，道：「這人絕不是天孫。」

蕭十一郎道：「哦？」

連城璧道：「我見過他出手，以他的武功，我們縱然全力而擊，三十招內也勝不了他。」

蕭十一郎沉默了。

他想不出世上有誰能擋得住他們三十招。

風四娘已俯下身，伸出手在這人身上摸了摸，忽然失聲道：「這人已死了。」

連城璧道：「他怎麼會死？我的出手並不太重。」

蕭十一郎道：「我也想留下他的活口。」

風四娘道：「看來他……他好像是被嚇死的。」

一句話未說完，她又忍不住要嘔吐。

船艙裡不知何時已充滿了一種無法形容的惡臭，臭氣正是從這人身上發出來的。

那條小狗又竄到他身上，不停的叫，突聽艙外傳來了兩聲慘呼，接著「噗通，噗通」，兩聲響。

風四娘趕出去，輕舟上的梢公和童子都已不見，輕舟旁濺起的水花剛落下，一盞白紙燈籠還漂浮在水波上。

水波中忽然冒出一縷鮮血。

再看遠處的三條小船，都已掉轉船頭，向湖岸邊盪了過去。

風四娘跺了跺腳，道：「他們一定已發現不對了，竟連這孩子一起殺了滅口。」

連城璧也嘆了口氣，道：「他們這一走，要想再查出他們的行蹤，只怕已難如登天。」

蕭十一郎道：「所以我們一定要追。」

風四娘道：「怎麼追？」

蕭十一郎道：「中間一條船走得很慢，你坐下面的這條船去盯住他。」

連城璧立刻道：「我追左邊的一條。」

蕭十一郎道：「只要追出了他們的下落，就立刻回來，千萬不要輕舉妄動。」

風四娘道：「你……你會在這裡等我？」

蕭十一郎道：「不管有沒有消息，明天中午以前，我一定回來。」

風四娘抬起頭，看著他，彷彿還想說什麼，忽又轉身跳下了欄杆旁的小船，拿起長篙一點，一滴眼淚忽然落在手上。

遠遠看過去，前面的三條輕舟，幾乎都已消失在朦朧煙水中。

煙水朦朧。

夜已更深了，卻不知距離天亮還有多久。

湖上的水波安靜而溫柔，夜色也同樣溫柔安靜，除了遠方的搖船櫓聲以外，天地間就再也聽不見別的聲音了。

前面的船也已看不見，左右兩條船早已去得很遠，中間的一條船也只剩下一點淡淡的影子。

風四娘用力搖著船，眼淚不停的在流。

她從來沒有流過這麼多眼淚，就連她自己也不知道爲什麼要流淚。

她只覺得說不出的孤獨，說不出的恐懼。

這世界彷彿忽然就已變成空的，天地間彷彿已只剩下她一個人。

雖然她明知蕭十一郎一定會在水月樓上等她，蕭十一郎答應過的事，從來也沒有讓人失望過。

可是她心裡卻還是很害怕，彷彿這一去就永遠再也見不到他了。

爲什麼會有這種想法？她自己也不知道。

她又想起了沈璧君，想起了沈璧君在臨去時說的那些話：

「……只有你才是蕭十一郎最好的伴侶，也只有你才能真正了解他……」

現在她這番心意，顯然已被人辜負了。

她會不會怪他們？會不會生氣？

在這淒迷的月夜裡，她的幽靈是不是還留在這美麗的湖山間？會不會出現在風四娘眼前？

風四娘更用力去搖船，盡量不去想這些事，卻又偏偏沒法子不想。

她真希望沈璧君的鬼魂出現，指點她一條明路。

在人生的道路上，她幾乎已完全迷失了方向。

在這粼粼的水波上，她已迷失了方向。

一陣風吹過來，她抬起頭，才發現前面的小船，連那一點淡淡的影子都看不見了。

風中隱約還有搖櫓聲傳過來，她正想追過去，忽然發現船下的水波在旋轉。

漩渦中彷彿有股奇異的力量，在牽引著這條船，往另一個方向走。

這條船竟已完全不受她控制。

她本不是那種看見一隻老鼠就會被嚇得大叫起來的女人。

可是現在她卻已幾乎忍不住要大叫起來，只可惜她就算真的叫出來，也沒有人聽得見。

漩渦的力量，愈來愈大，又像是有隻看不見的手，在拉著這條船。

她只有眼睜睜的坐在那裡，看著這條船被拉入不可知的黑暗中。

她的手已軟了。

忽然間，「砰」的一聲響，小船的船頭，撞在一根柱子上。

前面一座小樓，半向臨水，用幾根很粗的木柱支架在湖濱。

小樓上三面有窗，窗子裡燈火昏黃。

既然有燈，就有人。

是什麼人？

那股神秘的力量，爲什麼要把風四娘帶到這裡來？

風四娘連想都沒有想，長篙在船頭一點，用盡全身的力量，竄了上去。

只要能離開這條見了鬼的船，她什麼都不管了。

就算這小樓上有更可怕的妖魔在等著，她也不管了。

不管怎麼樣，能讓兩隻腳平平穩穩的站在實地上，她就已心滿意足。

好。

冷水從鼻子裡灌進去的滋味，她已嘗過一次，她忽然發現無論怎麼樣死法，都比做淹死鬼好。

小樓後有個窄窄的陽台，欄杆上還擺著幾盆盛開的菊花。

燈光從窗子裡照出來，窗子都是關著的。

風四娘越過欄杆，跳上陽台，才算吐出口氣。

小船還在水裡打著轉，突然「嘩啦啦」一聲響，一個人頭從水裡冒出來，竟是太湖中的第一條好漢「水豹」章横。

——原來這小子也是他們一路的。

風四娘咬了咬牙，忽然笑了：「我還以爲是水鬼在找替身，想不到是你。」

章横也笑了，雙手扶了扶船舷，人已一躍而上，站在船頭，仰著臉笑道：「我也想不到大名鼎鼎的風四娘居然還記得我。」

風四娘嫣然道：「你知道我就是大名鼎鼎的風四娘？」

章横道：「我當然知道。」

風四娘眼珠子轉了轉，道：「這地方是你的家？」

章横笑道：「這是西湖，不是太湖，我只不過臨時找了這屋子住著。」

風四娘道：「那麼這就是你臨時的家。」

章横道：「可以這麼樣說。」

風四娘道：「你把我帶到你臨時的家，是不是想要我做你臨時的老婆？」

章橫怔了怔，嘴裡結結巴巴的，竟連話都說不清楚了。

他實在想不到風四娘會問出這麼樣一句話來。

風四娘卻還在用眼角瞟著他，又問道：「你說是不是？」

章橫擦了擦臉上的水珠，終於說出了一句：「我不是這意思。」

風四娘又笑了，笑得更甜：「不管你是什麼意思，這地方總是你的家，你這做主人的為什麼還不上來招呼客人？」

章橫趕緊道：「我就上來。」

他先把小船繫在柱子上，就壁虎般沿著柱子爬了上去。

風四娘就站在欄杆後面等著他，臉上的笑容比盛開的菊花更美。

看見了她這樣的女人，這樣的微笑，若有人還能不動心的，這個人就一定不是男人。

章橫是個男人。

他不往上看，又忍不住要往上看。

風四娘嫣然道：「想不到你不但水性高，壁虎功也這麼高。」

章橫的人已有點暈了，仰起頭笑道：「我只不過……」

一句話還沒有說完，忽然有樣黑黝黝的東西從半空中砸下來，正砸在他的頭頂上。

這下子他真的暈了。

無論誰的腦袋，都不會有花盆硬的，何況風四娘手上已用了十分力。

「噗通」一聲，章橫先掉了下去，又是「噗通」一聲，花盆也掉了下去。

風四娘拍了拍手上的土，冷笑道：「在水裡我雖然是個旱鴨子，可是一到了岸上，我隨時都能讓你變成一個死鴨子。」

窗戶裡的燈還亮著，卻聽不見人聲。

這地方既然是章橫租來的，章橫既然已經像是個死鴨子般掉在水裡，小樓上當然就不會再有別的人。

雖然一定不會有別人，卻說不定會有很多線索——關於天宗的線索。

章橫當然也是天宗裡的人，否則他爲什麼要在水下將風四娘船引開，不讓她去追蹤？

這就是風四娘在剛才一瞬間所下的判斷，她對自己的判斷覺得很滿意。

門也很窄，外面並沒有上鎖。

風四娘剛想過去推門，門卻忽然從裡面開了，一個人站在門口，看著她，美麗的眼睛顯得既悲傷，又疲倦，烏黑的長髮披散在雙肩，看來就像是秋水中的仙子，月夜裡的幽靈。

「沈璧君。」風四娘叫了起來。

她做夢也沒有想到，會在這裡見到沈璧君。

沈璧君既不是仙子，也不是幽靈。

她還沒有死，還是個有血有肉的人，活生生的人。

風四娘失聲道：「你……你怎麼會到這裡來的？」

沈璧君沒有回答這句話，轉過身，走進屋子，屋裡有床有椅，有桌有燈。

她選了個燈光最暗的角落坐下來，她不願讓風四娘看見她哭紅了的眼睛。

風四娘也走了進來，盯著她的臉，好像還想再看清楚些，看看她究竟是人？還是冤魂未散的幽靈。

沈璧君終於勉強笑了笑，道：「我沒有死。」

風四娘也勉強笑了笑，道：「我看得出。」

沈璧君道：「你是不是很奇怪？」

風四娘道：「我……我很高興。」

她真的很高興，她本就在心裡暗暗期望會有奇蹟出現，希望蕭十一郎和沈璧君還有再見的一天。

現在奇蹟果然出現了。

這怎麼會出現的？

沈璧君輕輕嘆了口氣，道：「其實我自己也沒有想到，居然會有人救了我。」

風四娘道：「是誰救了你？」

沈璧君道：「章橫。」

風四娘幾乎又要叫了起來：「章橫？」

當然是章橫，他在水底下的本事，就好像蕭十一郎在陸地上一樣，甚至有人說他隨時都可以從水底下找到一根針。

找人當然比找針容易得多。

——難怪我們找來找去都找不到你，原來你已被那水鬼拖走了。

這句話風四娘並沒有說出來，因爲沈璧君已接著道：「我相信你一定也見過他的，昨天他也在水月樓上。」

風四娘苦笑道：「我見過他，第一個青衣人忽然失蹤的時候，叫得最起勁的就是他。」

沈璧君道：「他的確是個很熱心的人，先父在世的時候就認得他，還救過他一次，所以他一直都在找機會報恩。」

風四娘道：「他救你真的是爲了報恩？」

沈璧君點點頭，道：「他一直對那天發生在水月樓的事覺得懷疑，所以別人都走了後，他還想暗中回來查明究竟。」

風四娘道：「他回來的時候，就是你跳下水的時候？」

沈璧君道：「那時他已在水裡耽了很久，後來我才知道，一天之中，他總有幾個時辰是泡在水裡的，他覺得在水裡遠比在岸上還舒服。」

——他當然寧願泡在水裡，因爲一上了岸，他就隨時都可能變成個死鴨子。

這句話風四娘當然也沒有說出來，她已發現沈璧君對這個人印象並不壞。

但她卻還是忍不住問道：「他救了你後，爲什麼不送你回去？」

沈璧君笑了笑，笑得很辛酸：「回去？回到哪裡去？水月樓又不是我的家。」

風四娘道：「可是你……你難道真的不願再見我們？」

沈璧君垂下頭，過了很久，才輕聲道：「我知道你們一定在為我擔心，我……我也在想念著你們，可是我卻寧願讓你們認為我已死了，因為……」她悄悄的擦了擦眼淚：「因為這世界上若是少了我這麼樣一個人，你們反而會活得更好些。」

風四娘也垂下了頭，心裡卻不知是什麼滋味。

她不想跟沈璧君爭辯，至少現在還不是爭辯這問題的時候。

沈璧君道：「可是章橫還是怕你們擔心，一定要去看看你們，他去了很久。」她嘆息著將剛才的話又重覆了一遍：「他實在是個很熱心的人。」

風四娘更沒法子開口了，現在她當然已明白自己錯怪了章橫。

沈璧君道：「我剛才迷迷糊糊的睡了一下子，好像聽見外面有很響的聲音。」

風四娘道：「嗯。」

沈璧君道：「那是什麼聲音？」

風四娘的臉居然也紅了，正不知該怎麼說才好，外面已有人帶著笑道：「那是一隻死鴨子被旱鴨子打得掉下水的聲音。」

風四娘一向很少臉紅，可是現在她的臉絕對比一隻煮熟了的大蝦更紅。

因為章橫已濕淋淋的走進來，身上雖然並沒有少了什麼東西，卻多了一樣。多了個又紅又腫的大包。

沈璧君皺眉道：「你頭上爲什麼會腫了一大塊？」

章横苦笑道：「也不爲什麼，只不過因爲有人想比一比。」

沈璧君道：「比什麼？」

章横道：「比一比是我的頭硬？還是花盆硬？」

沈璧君看著他頭上的大包，再看看風四娘臉上的表情，眼睛裡居然也有了笑意。

她實在已很久很久未曾笑過。

風四娘忽然道：「你猜猜究竟是花盆硬？還是他的頭硬？」

沈璧君道：「是花盆硬。」

風四娘道：「若是花盆硬，爲什麼花盆會被他撞得少了一個角，他頭上反而多了一個角？」

沈璧君終於笑了。

風四娘本來就是想要她笑笑，看著她臉上的笑容，風四娘心裡也有說不出的愉快。

章横卻忽然嘆了口氣，道：「現在我總算明白了一件事。」

風四娘道：「什麼事？」

章横苦笑道：「我現在總算才明白，江湖中爲什麼會有那麼多人把你當做女妖怪。」

風四娘道：「現在我卻還有件事不明白。」

章横道：「什麼事？」

風四娘沉下了臉，道：「你爲什麼不讓我去追那條船？」

章橫道：「因爲我不想看著你死在水裡。」

風四娘道：「難道我還應該謝謝你？」

章橫道：「你知不知道那船夫和那孩子是怎麼死的？」

風四娘道：「你知道？」

章橫道：「這暗器就是我從他們身上取出來的。」

他說的暗器是根三角形的釘子，比普通的釘子長些，細些，顏色烏黑，看來並不出色。

他剛從身上拿出來，風四娘就已失聲道：「三稜透骨針？」

章橫道：「我知道你一定能認得出的。」

風四娘道：「就算我沒吃過豬肉，至少總還看見過豬走路。」

江湖中不知道這種暗器的人實在不多。

據說天下的暗器，一共有一百七十多種，最可怕的卻只有七種。

三稜透骨針就是最可怕的這七種暗器其中之一。

章橫道：「這種暗器通常都是用機簧發射，就算在水裡，也能打出去三五丈遠，我們在水底下最怕遇見的，就是這種暗器。」

風四娘道：「我一向很少在水底下，我既不是水鬼，也不是魚。」

章橫道：「若是在水面上，這種暗器遠在七八丈外，也能取人的性命。」

風四娘道：「身上帶著這種暗器的人，就在我追的那條船上？」

章橫點點頭。

風四娘冷笑道：「難道你以爲我就怕了這種暗器？若連這幾根釘子都躲不過，我還算什麼女妖怪？」

她嘴裡雖然一點都不領情，心裡卻也不禁在暗暗感激。

她實在沒有把握能躲過這種暗器。

她也不想被這種暗器打下水裡，再活活的淹死。

無論對什麼人來說，淹死一次就已夠多了，嚐過那種滋味的人，絕不會還想再試第二次。

跳河也一樣要有勇氣的，跳一次河還活著的人，第二次就很難再鼓起勇氣來。

所以沈璧君還活著。

她垂著頭，坐在那幽暗的角落裡，癡癡的看著自己的腳尖，也不知在想什麼心事。

剛才的笑容，就好像滿天陰霾中的一縷陽光，現在早已消失。

風四娘走過來，扶著她的肩，道：「你爲什麼不問問我，他在哪裡？」

沈璧君頭垂得更低。

風四娘又道：「這地方雖不錯，你還是不能在這裡耽一輩子的，該走的遲早總是要走，你難道忘了這是誰說的話？」

沈璧君抬起頭，看見了章橫，又垂下頭——女人的心裡要說的話，總是不願讓男人聽見的。

幸好章橫還不是不知趣的男人，忽然道：「你們餓不餓？」

風四娘立刻道：「餓得要命。」

章橫道：「我去找點東西來給你們吃，隨便換身衣服，來回一趟至少也得半個時辰。」

風四娘道：「你慢慢的找，慢慢的換，我們一點也不急。」

章橫笑了，摸著腦袋走了出去，還順手替她們關上了門。

沈璧君這才抬起頭，輕輕道：「他……他在哪裡？為什麼沒有跟你在一起？」

風四娘也嘆了口氣，正想說她心裡的話，卻聽「砰」的一響，剛關上的門又被撞開，一個人從外面飛了進來，「咚」的一聲，跌在桌子上，桌子碎裂，這個人又從桌上掉下來，躺在地上，兩眼發直，竟是剛出去的章橫。

非但還不到半個時辰，連半盞茶的功夫都不到，他居然就已回來了，他回來得倒真快。

一個人剛才還四平八穩的走出去，怎麼會忽然間就凌空翻著跟斗飛了回來？

難道他竟是被人扔進來的？

「水豹」章橫並不是個麻袋，要把他扔進來並不是件容易事。

風四娘忽然搶前兩步，擋在沈璧君面前，其實她的武功並不比沈璧君高，可是她和沈璧君在一起時，總覺得自己是比較堅強的一個，總是要以保護者自居。

章橫直勾勾的看著她，臉上帶著種無法形容的表情，嘴角突然有鮮血湧出。

血竟不是紅的，是黑的，黑也有很多種，有的黑得很美，有的黑得可怕。

風四娘失聲道：「你怎麼樣了？」

章橫嘴閉得更緊，牙齒咬得吱吱發響，鮮血卻還是不停的湧出來。

就連風四娘都從未見過一個人嘴裡流出這麼多血，死黑色的血。

沈璧君忽然道：「你能不能張開嘴？」

章橫掙扎，勉強搖了搖頭。

風四娘道：「爲什麼連嘴都張不開？」

章橫想說話，卻說不出，突然大吼一聲，一樣東西彈出來，「叮」的落在地上，赫然竟是一枚三稜透骨針。

風四娘的心沉了下去，慢慢的抬起頭，就看見門外的黑夜中，果然有條黑黝黝的人影，一張臉都在月光下閃閃發著光。

章橫想必是一出去就看見了這個人，剛想叫出來，三稜透骨針已打入他嘴裡，打在他舌頭上。

風四娘握緊雙拳，只覺得嘴裡又乾又苦，章橫的痛苦，竟似也感染到她。

黑衣人忽然道：「你想不想救他的命？」

風四娘只有點點頭。

黑衣人道：「好，先割下他的舌頭，再遲就來不及了。」

風四娘忍不住機伶伶打了個寒噤，她也知道要救章橫的命，只有先割下他的舌頭來，免得毒性蔓延。

可是她實在下不了手。

沈璧君忽然咬了咬牙，從章橫腰畔抽出柄尖刀，一抬手，卸下了他的下顎。

章橫慘呼一聲，舌頭伸出，就在這時，刀光一閃，半截烏黑的舌頭隨著刀鋒落下，落在地上，發出了「篤」的一響，他的舌尖竟已僵硬，他的人已暈過去。

沈璧君慢慢的站起來，慢慢的將手中尖刀拋下，冷汗已流滿她蒼白美麗的臉。

風四娘吃驚的看著她，道：「你……你竟能下得了手。」

沈璧君道：「我不能不下手，因為我不能看著他死。」

風四娘沉默，她忽然發現她們兩個人中真正比較軟弱的一個人，也許並不是沈璧君。有些人的外表雖柔弱，可是到了緊要關頭，卻往往會做出令人意料不到的事。

黑衣人一直在冷冷的看著她們，冷冷道：「現在你們已可跟我走了。」

風四娘道：「跟你走？你是什麼人？」

黑衣人道：「你應該知道我是什麼人。」

風四娘道：「你就是天孫？真的天孫？」

黑衣人道：「無相天孫，身外化身，真即是假，假即是真。」

風四娘眼珠子轉了轉，忽然笑道：「你知不知道我是誰？」

黑衣人道：「風四娘。」

風四娘道：「你既然知道我是誰，又看過我的臉，至少也該讓我看看你。」

黑衣人道：「你遲早總看得到的。」

風四娘道：「你先讓我看看，我才跟你走。」

黑衣人道：「否則呢？」

風四娘道：「你不肯答應我的事，我當然也不肯答應你。」

黑衣人道：「你真的不走？」

風四娘笑道：「你要我走，我就偏偏要坐在這裡，看你怎麼樣？」

她居然真的坐下去，就好像孩子們在跟大人撒嬌似的。

她用這法子對付過很多男人，每次都很有效，很少有男人會板起臉來對付一個正在撒嬌的女孩子。

黑衣人卻是例外，冷笑道：「你要看看我能把你怎麼樣？」

風四娘道：「嗯。」

黑衣人道：「好，你看著吧。」

他冷笑著走進來，一走進燈光中，他的臉亮得更可怕，一雙手也亮得可怕。

無論誰只要多看他兩眼，眼睛都一定會發光，你若連看都沒法子看他，又怎麼能跟他交手？

風四娘終於忍不住跳起來，大聲道：「你敢對我無禮？」

黑衣人冷冷道：「我不但要對你無禮，而且還要很無禮。」

風四娘沉下了臉，道：「你們這四個真真假假的天孫中，剛才是不是有一個上了水月樓？」

黑衣人道：「嗯。」

風四娘道：「你知不知道他現在怎麼樣了？」

黑衣人道：「死了。」

風四娘道：「你知不知道他怎麼死的？」

黑衣人搖搖頭。

風四娘道：「他是嚇死的。」她冷笑著又道：「你看見過被嚇死的人沒有？我可以保證，一個人無論怎麼樣死法，都沒有嚇死的可怕。」

黑衣人道：「哦？」

風四娘道：「你知不知道他是怎麼樣被嚇死的？」

黑衣人又搖搖頭。

風四娘道：「因爲他做夢也想不到，竟連一招都招架不住，我們一出手，他就已倒下。」

她說得活靈活現，令人無法不信——風四娘不但會撒嬌，嚇人的本事也是蠻不錯的。

只可惜她還是看不出黑衣人是不是已被她嚇住，又問道：「你的武功比他怎麼樣？」

黑衣人道：「差不多。」

風四娘冷冷道：「這裡雖不是水月樓，可是你只要再往前走一步，我就要你立斃掌下。」

黑衣人道：「真的？」

風四娘道：「當然是真的。」

黑衣人道：「只要我再往前一步，我就必死無疑？」

風四娘道：「不錯。」

黑衣人就向前走了一步。

風四娘只覺得胃裡又在收縮，她知道現在已到了非出手不可的時候，她回頭看了沈璧君，沈璧君也在看著她，兩個人突然一起出手，向黑衣人撲了過去，她們並不是那種弱不禁風的女人。

事實上，她們的武功，在江湖中都可以算是一流的好手，這黑衣人的武功既然跟死在水月樓上的那個人差不多，那個人既然連蕭十一郎和連城璧的一招都架不住，那麼她們的機會也就不會太少。

風四娘只希望能在半招之內，先搶得先機，十招之內，將這人擊倒。

她衝過去，雙掌翻飛如蝴蝶，先以虛招誘出對方的破綻。

她武功走的本是昔年南海觀音一路，招式繁複，變化奇詭，姿態也很美妙。

這一招「花雨繽紛，蝴蝶雙飛」，正是她武功中的精招，虛中有實，實中有虛，虛虛實實，令人不可捉摸，誰知她一招剛出手，突然覺得自己眼前彷彿也有滿天花雨繽紛，手腕忽然間已被捉住，一根冰冷堅硬的手指，已點在她後腦玉枕穴上。

她並沒有立刻暈過去，在這一瞬間，她又想起了蕭十一郎。

直到現在，她才知道自己的武功和蕭十一郎距離有多麼遠。

他們兩個人現在距離得豈非也同樣遙遠？

「蕭十一郎，你在哪裡？」她在大叫，卻一點聲音都沒有叫出來。

滿天繽紛的花雨已不見了，她的眼前已只有一片無邊無際的黑暗。

西湖北岸有寶石山，寶石山巔有寶俶塔，寶俶塔下有來鳳亭。

蕭十一郎就在這裡。

卅二　龍潭虎穴

一葉輕舟乘著滿湖夜色，沿著蘇堤向北，穿過西冷橋，泊在寶石山下。

這一段路程並不近，輕舟搖得並不慢，但蕭十一郎卻還是一路追了過去。

岸上早已有一頂軟兜小轎在等著。

黑衣人棄舟登岸，就上了小轎，挑燈的童子緊隨在轎後，船家長篙一點，輕舟又遠遠的飄了出去。

抬轎的兩個人黑緞寬帶紮腰，溜尖灑鞋，倒趕千層浪裹腿，頭戴斗笠，卻精赤著上身，露出了一身古銅色的肌肉。

山路雖難行，可是他們卻如履平地。

轎子並不輕，可是在他們手裡，卻輕若無物。

蕭十一郎忽然發現這兩個轎夫的腳下功夫，已不在一些成名的江湖豪傑之下。

天宗裡果然是藏龍臥虎，高手如雲。

小轎沿著山路向上登臨，月光正照在山巔的寶俶塔上。

蕭十一郎沒有睡，沒有吃，又划了將近一個時辰的水，本來已應該覺得很累。

就算是鐵打的人，也應該有支持不住的時候。

蕭十一郎沒有。

他血液裡彷彿總是有一股奇異的力量在支持著他，他自己若不願倒下去，就沒有人能讓他倒下去。

在月下看來，娟娟獨立在山巔的寶俶塔，更顯得秀麗天成，卻偏偏是實心的，無路登臨。

「錢王俶入朝，久留京師，百姓思念，建塔祈福。」

這就是寶俶塔的來歷。

塔前有亭翼然，亭子裡彷彿有個朦朧人影，卻偏偏又被水光下的塔影遮住，遠遠看過去，亭子裡好像有個人，又好像沒有。

赤腰大漢一路將小轎抬上來，月明星稀，天地無聲。

夜雖更深，卻已不長了。

蕭十一郎也跟了上來，青衣童子手裡挑著的這盞燈籠，就像是在為他帶路的標誌似的。

難道天宗在寶石山巔也有個秘密的分堂？

抬轎的大漢健步如飛，挑燈的童子居然也能緊隨在後。

天地間還是靜寂無聲，可是童子手裡的白紙燈籠，卻忽然熄滅。

轎伕忍不住停身回頭，只見青衣童子一雙手還是將這已滅了的燈籠高高挑起，動也不動的站著。

黑衣人道：「看看是不是蠟燭燃盡了？」

語聲尖細，竟像是女人的聲音。

黑衣人又道：「快拿根蠟燭點起燈來。」

她一連說了兩句話，青衣童子卻連一點反應也沒有，還是動也不動的站著。

後面的轎伕道：「這孩子莫非站在那裡也能睡著？我去看看。」

兩個人一起放下轎子，一個轎伕轉身走到童子面前，伸手拍了拍他的肩，道：「你……」

這個字剛說出，聲音突然停頓，就像是突然被人塞了樣東西在嘴裡。

挑燈的童子怔在那裡，這轎伕似也怔住。

前面的轎伕道：「你們兩個是怎麼回事？難道都睡著了？」

童子沒有反應，轎伕也沒有反應，一雙手還搭在童子肩上。

兩個人全都動也不動的站著，就像是變成了兩個木頭人。

前面的轎伕搖了搖頭，也走過來，剛走到他們兩人面前，就像是忽然中了什麼可怕的魔法一樣，整個人也僵住。

三個人就像是全都被一種神秘的魔法變成了木頭人，看來說不出的詭秘可怖。

蕭十一郎遠遠的看來，也不禁覺得很詫異，很吃驚，就連他都沒有看出這是怎麼回事。

難道這山巔有個專門喜歡捉弄世人的魔神，總喜歡在這種淒迷的月夜裡，將凡人變作呆子？

蕭十一郎身上本就濕淋淋的，此刻竟不由自主打了個冷戰。

黑衣人卻還是端坐在轎上，紋風不動。

難道他中了魔法？

蕭十一郎正忍不住想過去看看，黑衣人忽然冷冷道：「好！好手法，隔空點穴，米粒傷人，像這樣的絕代高手，爲什麼躲著不敢見人？」

這次她說的話長了，聽來更像是女人的聲音，只不過故意壓低了嗓子而已。

難道天宗的宗主竟是個女人？

她是在對誰說話？

突聽來鳳亭裡一個人冷冷道：「我一直在這裡，你看不見？」

一個人從黑暗中走入月光下，麻衣白襪，手裡的白布幡在風中飛舞，隱約還可以看出上面有八個字。

「上洞蒼冥，下澈九幽。」

這人赫然竟是那行蹤詭秘，武功高絕的賣卜瞎子。

這瞎子怎麼會忽然又在這裡出現了？

難道他真的是那個已練成「九轉還童，無相神功」的逍遙侯，天之子？

他爲什麼要在這裡等著這黑衣人？

看見他忽然出現，黑衣人的身子也似已突然僵硬，過了很久，才吐出口氣，道：「是你！」

瞎子冷冷道：「你還認得我？」

黑衣人終於走下轎子，背負著雙手，走上來鳳亭，才沉聲道：「你也認得我？」

瞎子冷冷道：「我若不認得你，誰認得你？」

黑衣人嘆了口氣，道：「不錯，你若不認得我，誰認得我？」

瞎子道：「現在我既已來了，你說應該怎麼辦？」

黑衣人道：「是你的，我就該還給你。」

瞎子道：「莫忘記連你這條命也是我的。」

黑衣人又嘆道：「我沒有忘，我也不會忘。」

瞎子道：「我一手創立了天宗，你……」

黑衣人忽然打斷了他的話，道：「你怎麼知道我在天宗？」

瞎子道：「除了你之外，還有誰知道天宗的秘密？」

黑衣人垂下了頭，不再說話。

可是他們已經說了很多話，夜深人靜，山高風冷，蕭十一郎每句都聽得很清楚。

每句話裡，顯然都隱藏著很多秘密。

極可怕的秘密。

蕭十一郎愈聽愈覺得可怕，只覺得心底發冷，一直冷到腳底。

黑衣人忽然又道：「你……你真的一定要我死？」

瞎子道：「我已死過一次，這次該輪到你了。」

黑衣人黯然道：「我又何嘗不是已死過一次，你又何必逼我……」

他突然出手，灑出了一片寒光，他的人圍著這六角亭的柱子轉了兩轉，竟忽然不見了。

瞎子凌空翻身，躲過了他的暗器，厲聲道：「你竟敢暗算我？你……」

亭子裡已只剩下一個人，他卻還在厲聲呼喝，破口大罵，當然沒有人回應。

一陣風吹過，瞎子突然閉口，終於發現黑衣人走了。

他孤零零的一個人站在黑暗中，顯得又可憐，又可怕，忽又仰首狂笑，道：「莫忘記天宗三十六處分堂都是我一手創立的，你還能逃到哪裡去？」

笑聲淒厲，他的人也圍著柱子轉了兩轉，也忽然不見了。

風更冷，星更稀。

轎伕和童子還是木頭人般站在月光下，三個人的臉都已扭曲變形，眼珠凸出，張大了嘴，彷彿在呼喊卻又聽不見聲音。

蕭十一郎伸手拍了拍童子的肩，童子倒在一個轎伕身上，這轎伕又倒在另一個轎伕身上，三個人全都直挺挺的倒下去，全身早已冰冷僵硬，竟似先被人以毒針隔空點住穴道，就立刻毒發而死。

這種暗器手法的可怕，實在已令人不可思議。

那瞎子和黑衣人居然會平空不見，更令人不可思議。

蕭十一郎走上來鳳亭，站在黑衣人剛才站著的地方，忽然大喝一聲，反手拔刀。

刀光厲電般飛出，刀風呼嘯飛過，「喀嚓」一聲響，六角亭裡的六根柱子，竟已砍斷了三根。

亭子「嘩啦啦」倒塌了半截，三根柱子中，果然有一根是空的，下面就是地道。

這機關地道建造得非常巧妙，若是不懂得其中巧妙，就算找三天三夜，也未必能找得出。

蕭十一郎根本沒有找，他用了種最簡單，最直接的法子。

他用了他的刀。

天上地下，還有什麼別的力量，能比得上蕭十一郎的出手一刀？

地道裡潮濕陰暗，陽光永遠照不到這裡，風也永遠吹不到這裡。

從月光如水的山巔突然走下來，就像是一步走入了墳墓，又像是一跤跌入了地獄。

蕭十一郎走了下去。

只要能找出這秘密的答案，他寧願下地獄。

沿著曲折的地道走進去，前面更黑暗，看不見一點光亮，也看不見一個人影，盡頭處石壁峥嶸，用手撫摸一遍，彷彿可以分辨出是尊巨大的石佛。

人呢？

那黑衣人和瞎子難道已被躲在黑暗中的鬼魂妖魔吞噬？

蕭十一郎閉起眼睛，深深呼吸，再張開來，已可隱約辨出石佛的面目。

他本就有的發亮的眼睛，也可以看見很多別人看不見的事。

巨大的石佛好像也在頭上面看著他，低首垂眉，神情肅然，也不知是在爲他的冒瀆而嗔怒，還是在爲他的遭遇而悲苦。

——你若當真有靈，爲什麼不指點他一條明路？卻只有呆子般坐在這裡，任憑世人在你眼下爲非作惡？

——世上豈非正有很多人都像這尊石佛一樣，總是在袖手旁觀，裝聾作啞？

蕭十一郎看著他，冷笑道：「看來你也只不過是塊頑石而已，憑什麼要我尊敬你？」

石佛還是安安靜靜的坐著。

他已不知在這裡坐了多久，從來也沒有任何人，任何事能破壞了他的安寧。

蕭十一郎又握緊了刀：「這世上每個人的生命中都充滿了災禍和不幸，每個人都難免受苦受難，你爲什麼要例外？」

他心裡忽然覺得有種不可遏制的悲憤，忍不住又拔出了他的刀。

他要用他的刀來砍盡天下的不幸。

刀光一閃，火星四濺，這一刀正砍在石佛寬大的胸膛上。

黑暗中忽然響起了一聲輕微的呻吟。

地道裡沒有別的人，呻吟聲難道是這石佛發出來的？

難道這塊裝聾作啞的頑石，終於也同樣能感覺別人的痛苦？

蕭十一郎拔起了他的刀，掌心已有了冷汗。

刀鋒入石，拔出來就有了條裂痕。

蕭十一郎刀出手，無論砍在什麼地方，都同樣會留下致命的傷口。

這傷口裡流出來的卻不是血，而是淡淡的金光。

又是一聲呻吟。

呻吟聲也正是從這傷口裡傳出來的。

蕭十一郎眼睛裡立刻也發出了光，再次揮刀，不停的揮刀。

碎石四下飛濺，光愈來愈亮了，照在石佛冷漠嚴肅的臉上，這張臉彷彿也忽然有了表情，看來就彷彿是在微笑。

他的胸膛雖然已碎裂，但卻終於爲蕭十一郎指點出一條明路。

他犧牲了自己，卻照亮了別人，所以他本來縱然只不過是塊頑石，現在也已變成了仙佛。

閃動的燈光在黑暗中看來，就像是黃金般輝煌。

這輝煌的金光正是從石佛碎裂的胸膛中發出來的，有燈的地方，就一定有人。

是什麼人？

蕭十一郎鑽了進去，進入了這墳墓中的墳墓，地獄中的地獄。

燈在石壁上，人在金燈下。

燈光溫暖柔和，人卻在冰冷僵硬。

那瞎子的屍體蜷曲著，彷彿小了些，一柄銀刀刺在他心中，刀鋒已被他自己拔出來，還在流著血。

他的血也是鮮紅的。

鬆開他的手指，拿起銀刀，鮮血就在他掌心，慢慢的從掌紋間流過，流出一個鮮紅的

「天」字。

天之驕子，受命於天。

這瞎子果然就是逍遙侯哥舒天。

他沒有死在殺人崖下的萬丈絕谷中，卻死在這陰暗的秘谷裡。

他的另一隻手，還緊緊握住黑衣人的手。

黑衣人的手也已僵硬，臉上的面具，卻還在燈光下閃閃發光。

揭起這面具，就可以看見一張蒼白美麗的臉，一雙凸出的眼睛彷彿還在凝視著蕭十一郎，眼睛裡帶著種誰也無法了解的表情，也不知是憤怒？還是恐懼？還是悲傷？

冰冰！

天宗的第二代主人，竟赫然真的是冰冰。

發亮的面具跌落在地上，蕭十一郎掌心已沁出了冷汗。

遠比血更冷的冷汗。

——半個月前，也許連蕭十一郎自己都不知道自己會到水月樓去，怎麼會有人洩露了他的行跡？

因爲他們的行程，本就是冰冰安排的。

——天宗的叛徒，怎麼會全都死在蕭十一郎手裡？

因爲那些人本是冰冰要他殺的。

除了天之子外，本就只有冰冰一個人知道天宗的秘密。

她利用蕭十一郎，殺了那些不服從她的人，她利用蕭十一郎做幌子，引開別人的注意力，好在暗中進行她的陰謀。

等到蕭十一郎已不再有利用價值，她就慢慢的溜走，再要連城璧將他也殺了，斬草除根。她的計劃不但周密，而且有效。

但是她也想不到逍遙侯居然還活著，居然能找到了她。

現在這兄妹兩人都已死在對方手裡，他們之間的恩怨仇恨，已全都隨著他們的生命消逝，所有的秘密也全都有了答案。

仔細想一想，這本就是唯一合理的答案。

這樣的結局，也正是唯一的結局，還有誰會認爲不滿意？

也許只有蕭十一郎。

他癡癡的站在他們面前，臉上也帶著種誰都無法解釋的表情。

他心裡在想些什麼？

死人的手，還是緊握著的。

難道這兄妹兩人在臨死前終於已互相了解，了解他們本是同一類的人。

扳開他們的手，才可以看出他們兩隻手都緊握在一根從石壁裡伸出的鐵棍上。

蕭十一郎扳開了他們的手，鐵棍突然彈起，只聽「格」的一響，一面千斤鐵閘無聲無息的滑下來，隔斷了這秘密的出口。

那無疑也是唯一的出口。

這兄妹兩人死了之後，還要找個人來陪他們死，爲他們殉葬。

他們是不是早已知道這個人一定是蕭十一郎？

所有的恩怨都已結束，所有的秘密都已揭破，所有的仇恨，愛情，友誼，都已變成了一片虛空，生命中還有什麼値得留戀的？

蕭十一郎倚著石壁坐下來，石壁冰冷，火光漸漸黯淡。

他心裡就像是一片空白，既沒有悲哀憤怒，也沒有恐懼。

現在他唯一能做的事，就是等死。

對他說來，死已不再是件可怕的事，更不値得悲哀憤怒。

也不知過了多久，燈終於滅了，天地間就只剩下一片黑暗。

黑暗又怎麼樣？

連死都算不了什麼，何況黑暗？

蕭十一郎忽然想笑，大笑，笑完了再哭，哭完了再叫，大叫，但他卻只是動也不動的坐在那裡。

他覺得很疲倦，疲倦極了。

他愛過人，也被愛過。

無論是愛？還是被愛？他們擁有的愛情都同樣眞實而偉大。

他忍受過屈辱，也享受過榮耀，無論誰能夠像他這麼樣過一生，都已應該很滿足。

只可惜現在還沒有到他死的時候。

忽然間，上面傳來了一陣呼叫聲，一線陽光忽然照了下來，照在他身上。

他可以感覺到陽光的溫暖，也可以聽見上面有人在大聲呼喚：「蕭十一郎，蕭十一郎還活著。」

接著就有人跳下來，抬起了他，他甚至知道其中有個人是連城璧。

但他卻連眼睛都沒有睜開，一種比黑暗更可怕的壓力，已重重的壓住了他，就壓在他胸口。

他只覺得非常疲倦，疲倦極了……

可是黑暗忽然又離他遠去，他忽然又能呼吸到清新芬芳的空氣，就像是他少年時在山林裡，在原野中呼吸到空氣一樣。

現在他已不再是少年，這裡也不是空曠的原野山林。

附近有很多人正在議論紛紛，他聽不清他們在說什麼，卻可聽到每個人說的每句話裡，都有蕭十一郎的名字。

忽然間，一個人說話的聲音壓過了所有的人，他也看不見這個人，卻聽出這個人的聲音。

又是連城璧。

他的聲音緩慢，清晰而有力：「各位現在想必已知道，蕭十一郎也是被人陷害了，陷害他的人，就是昔年逍遙侯的嫡親妹妹哥舒冰，也就是天宗的第二代主人，在下和蕭十一郎之間，雖然恩怨糾纏已久，可是現在都已成為過去，往事不堪回首，放下屠刀，立地成佛，我只希望……」

蕭十一郎沒有再聽下去，他只想永遠的離開這裡，離開所有的人，他已不願再面對這些了不起的英雄好漢。

他忽然跳起來，走到連城璧面前，道：「你救了我，我欠你一條命。」

說完了這句話，他就頭也不回的走了。

要活下去雖然並不是件容易事，但他卻發誓一定要活下去。

因為他欠人一條命。

蕭十一郎從來也不欠別人，無論什麼樣的債，他都一定要還債。

日落西山。

西冷橋下的水更冷了，蘇小墓上的秋草也已枯黃，明月卻猶未升起。

水月樓船是不是還留在長堤外？風四娘是不是還在等著他？

一葉輕舟，盪向長堤，蕭十一郎就在輕舟上。

不管他是死是活，是留是走，他總不能就這麼忘記風四娘。

夜色還未臨，水月樓上也有了燈光，彷彿還有人在曼聲低唱。

輕舟還未盪過去，船頭已有人在叱喝：「蕭公子在此宴客，閒雜人等走遠些。」

蕭十一郎道：「又有個蕭公子在這裡宴客？是哪個蕭公子？」

船頭的大漢傲然道：「當然就是俠名滿天下的蕭十二郎。」

蕭十一郎笑了。

他自己也不知道自己怎麼會笑出來的，可是他的確在笑，大笑。

笑聲驚動了船艙中的人，一個人背負著雙手，施施然走了出去，少年英俊，服飾華麗，果然正是蕭十二郎。

他看見了蕭十一郎，臉上立刻也露出笑容，顯得熱情而有禮，道：「你果然來了。」

蕭十一郎道：「你知道我會來？」

蕭十二郎道：「有個人留了封信在這裡，要我轉交給你。」

蕭十一郎道：「是什麼人留下的信？」

蕭十二郎道：「是個送信的人。」

這回答很妙，他的表情卻很誠懇，恭恭敬敬的交了這封信給蕭十一郎。

信封是嶄新的，信紙卻已很陳舊，彷彿已揉成一團，再展開鋪平，整整齊齊的疊起來。

「我走了。

我一定壓麻了你的手，可是等你醒來時，手就一定不會再麻的。

他們要找的只是我一個人，你不必去，也不能去。

你以後就算不能再見到我，也一定很快就會聽見我的消息。」

蕭十一郎的心又沉了下去。

他認得這封信，因爲這封信本是他留給風四娘的，他想不到風四娘會將這封信珍藏起來，更想不到她會將這封信交還給他。

可是他明白她的意思，他留下這封信時，豈非也正是準備去死的。

死，就是她唯一要留給他的消息。

「我不能死，我還欠人一條命。」

蕭十一郎鬆開手，信落下，落在湖中，隨著水波流走，就像是朵落花。

花已落了，生命中的春天也已逝去，剩下的還有什麼？

蕭十二郎看著他，忽然道：「晚輩本想請蕭大俠上來喝杯酒的。」

蕭十一郎道：「你爲什麼不請？」

蕭十二郎微笑道：「晚輩不敢請，也不配。」他笑得還是那麼熱情，那麼有禮，躬身道：「蕭大俠，若是沒有別的吩咐，晚輩就告辭了。」

蕭十一郎看著他轉身走入船艙，又想笑，卻已笑不出。

輕舟上的船家忽然拍了拍他的肩，道：「人家既不想請你喝酒，你站在這裡也沒有用，還是走吧。」

蕭十一郎慢慢的點了點頭，道：「該走的，總是要走的。」

船家看著他，道：「你是不是真的想喝酒？」

蕭十一郎道：「是。」

船家道：「你身上有多少銀子？」

蕭十一郎的手伸進懷裡，又掏出來。

手還是空的。

他忽然發現自己囊空如洗。

船家卻笑了，道：「原來你也是個酒鬼，酒鬼本就沒有一個不窮的，看來我這趟船又白跑了。」他手裡長篙一點，輕舟盪入湖心道：「你若肯等我半個時辰，再做趟生意，我請你喝酒去。」

蕭十一郎道：「我等你。」

他在船梢坐下來，癡癡的看著遠方，遠方煙水朦朧，夜色已漸深。

西湖的夜色還是同樣美麗，只可惜今夕已非昨天。

夜市初開，長街上正是最熱鬧的時候，兩旁店舖裡都點亮了燈，燈光照著鮮艷的綢緞，發光的瓷器，精巧美味的糕點，也照亮了人們的笑臉。

船家已換了身乾淨的衣裳，大步在前面走著，顯得生氣勃勃，興高采烈。

他身上帶的錢也許還不夠去買一醉，可是看起來，這世界好像完全都屬於他的。

因為他已度過了辛苦的一天，現在已到了他亮相的時候。

他拍著蕭十一郎的肩，悄悄道：「這條街上的酒都貴得很，我們千萬不能進去，可是我每天都要到這裡來看看，無論看多久都不要錢的。」

他笑得更愉快，因爲他至少可以到這裡來隨便看看。

只要能看看，他就已很滿足。

一個人對生命的看法若能像他這樣，那麼世上還有什麼值得悲傷埋怨的事。

蕭十一郎忽然覺得自己實在連這船家都比不上。

他實在沒有這麼豁達的心胸。

前面有個錢莊，恆生錢莊。

蕭十一郎忽然停下腳步，道：「你在這裡等一等。」

船家道：「你呢？」

蕭十一郎道：「我……我進去看看。」

船家笑道：「錢莊裡可沒什麼好看的，包子的肉不在摺上，銀莊裡的錢我們也看不見。」

但他卻還是跟著蕭十一郎走進去：「不管怎麼樣，能進去看看也不錯。」

掌櫃的雖然剛入中年，頭髮卻已花白，看著這兩人走進來，雖然顯得很驚訝，態度卻還是很有禮：「兩位有何見教？」

蕭十一郎道：「我在這裡好像還有個帳戶。」

掌櫃的上上下下看了他兩眼，勉強笑道：「閣下沒有記錯？」

蕭十一郎道：「沒有。」

掌櫃的道：「尊姓？」

蕭十一郎道：「姓蕭，蕭十一郎。」

掌櫃的展顏道：「原來是蕭大爺，不錯，蕭大爺在敝號當然有帳戶。」

蕭十一郎道：「你能不能看看我帳上還有多少銀子，我想提走。」

掌櫃的笑道：「本來敝號是憑票提錢，但是蕭大爺卻可以例外。」他笑得很奇怪，慢慢的接著道：「因爲蕭大爺的帳，我們剛結過。」

蕭十一郎道：「帳上還有沒有錢存著？」

掌櫃的道：「有，當然有。」他小心翼翼的打開後面的錢櫃，拿出了一枚銅錢，輕輕的放在桌上，微笑道：「蕭大爺帳上的剩餘，已只有這麼多。」

蕭十一郎沒有動，沒有開口，不管怎麼樣，這枚銅錢至少是嶄新的，在燈下看來，亮得就像是金子一樣。

掌櫃的道：「蕭大爺是不是還想看看細帳？」

蕭十一郎搖搖頭。

掌櫃的道：「蕭大爺若還想把這文錢存在敝號，敝號也一樣歡迎。」

蕭十一郎忽然回頭，問道：「一文錢能買些什麼？」

船家眨了眨眼睛，道：「還可以買一大包花生。」

蕭十一郎用兩根手指，小心翼翼的拈起這枚銅錢，居然也笑了笑，道：「花生正好下酒，這文錢我當然要拿走。」

船家笑道：「一點也不錯，一文錢雖不多，總比一文也沒有好。」

他們大笑著走出去，掌櫃的卻在輕輕嘆息。

他想不通這個人還有什麼值得開心的，因爲他知道這個人已在一夜間由富可敵國的富翁，變成了囊空如洗的窮光蛋。

他知道，因爲他的確剛查過這個人的帳簿。

他從來也沒有看見過發財發得這麼快的人，也從未見過窮得這麼快的。

卅三　俠義無雙

劍的型式，精緻而古雅。

古雅的劍身上，刻著四個古雅的字：「俠義無雙。」

黃金鑄成的劍，當然不是用來殺人的。

那只不過代表人們對連城璧莊主的一份敬意。

這柄劍的價值，當然也不是黃金的本身，而是上面那四個字。

俠義，已經世不多見了，更何況「俠義無雙」。

在人們心目中，這四個字，也只有無垢山莊的連莊主足以當之無愧。

夜已深。

鑼鼓聲和喧嘩聲漸漸遠了。

人也散了。

廳上只剩下連城璧一個人，一盞燈。

他似乎已有些累，又好像對剛才的熱鬧感到有些厭倦。

他微閉著眼睛，正用手指慢慢的撫摸著劍身上那四個字。

他的手很輕，就像撫摸著情人的胴體。

「俠義無雙！」

他笑了。

但笑容裡並沒有絲毫興奮或喜悅，而是帶著種譏誚和不屑。

夜風透窗，已有寒意。

連城璧撫摸劍身的手指突然停止，臉上的笑容也突然消失。

但他的語氣仍很平靜，緩緩道：「是誰站在花園裡？」

外面應道：「趙伯奇。」

連城璧點點頭，道：「進來。」

趙伯奇從花叢陰影裡走了出來，腳步很輕，很慢，神情謹慎而恭敬。

他，原來就是把蕭十一郎丟在酒館裡的船家趙大。

燈光照在金劍上，光華映滿大廳。

趙伯奇自然已看見那柄金劍，但他卻低著頭，裝作沒有看見。

連城璧喃喃道：「這是地方父老們的一番厚愛，我本來不敢接受，怎奈盛情難卻。」

趙伯奇忙道：「應該的，若非莊主的英名遠播，威鎮四方，百姓們怎能安居樂業，這小小的一點敬意實在是應該的。」

他說這話，就好像他自己就是地方上的父老，這柄劍本就是他奉獻給無垢山莊的一樣。

連城璧笑了笑，道：「其實，我也只是個很平凡的人，那兒當得起『俠義無雙』四個字。」

趙伯奇本想再說幾句動聽的話，喉嚨卻像被什麼東西堵塞住，一個字也說不出來。

因為他發現連城璧森冷的目光，正在凝視著他。

趙伯奇心裡一陣寒，急忙從貼身衣服裡取出一個長形的布包，雙手捧到連城璧面前。

包裡是一柄刀，一柄名聞天下的刀。

割鹿刀。

刀已出鞘。

冷冷的刀鋒，照著連城璧冷冷的臉。

冷冷的目光，在刀鋒上緩緩移動。

漸漸的，冷臉終於綻開了一絲暖意。

連城璧又笑了。

這一次，他的笑容裡不再含有譏誚和不屑，而是充滿了得意與滿足。

但笑容只在嘴角輕輕一閃，忽又消失。

連城璧的目光由刀鋒移到趙伯奇臉上，道：「這柄刀怎麼到了你的手裡？」

趙伯奇道：「是我用幾壺酒和一包花生換來的。」

連城璧道：「哦？」

趙伯奇道：「而且是幾壺最劣的酒，一包最便宜的花生，莊主一定想不到，名聞天下的寶刀，就只值這點代價。」

連城璧的確有些意外。

趙伯奇得意的道：「莊主一定更想不到，蕭十一郎要我去典當這柄刀，目的也不過想再換幾壺劣酒和一包花生而已，名滿天下的蕭十一郎，如今已成了不折不扣的酒鬼，以後武林中再也不會有蕭十一郎這個名字了。」

連城璧道：「這倒的確使人想不到。」

趙伯奇笑道：「一個人若是終日只知道喝酒，無論名氣有多響亮，總會毀在酒杯裡。」

連城璧點點頭，道：「不錯。」

趙伯奇道：「所以，他已經不配使用這柄刀了，當今世上唯一配使用這柄刀的人，只有莊主。」

連城璧道：「哦？」

趙伯奇道：「現在就算叫蕭十一郎用這柄刀去割草，相信他也割不斷了。」

連城璧道：「割鹿刀本就不是用來割草的，它的唯一用處，就是殺人。」

趙伯奇怔了怔，道：「殺人？」

連城璧道：「不錯，殺人，尤其是自作聰明的人。」

刀光一閃，已掠過趙伯奇的脖子。

人頭應刀落地，趙伯奇臉上的神情仍然未變。

那是怔忡和錯愕交織成的神情，他死也不明白，連城璧會突然向他出手。

刀鋒一片晶瑩，滴血不沾。

連城璧用手輕撫著刀鋒，似讚賞，又似愛惜，低聲道：「好刀，果然是好刀。」突然抬起頭，提高聲音道：「來人！」

兩名青衣壯漢應聲而入。

連城璧已將割鹿刀放回布包中，道：「快馬追蕭十一郎，要他把這柄刀當面送還給蕭十一郎，並且告訴他，世上只有蕭十一郎，才配用割鹿刀。」

兩名壯漢互望了一眼，似乎有些驚訝，卻沒有問原因，接過布包，退了出去。

直到離開了大廳，其中一個才忍不住輕嘆了口氣，道：「蕭十一郎能交到像我們莊主這種朋友，也算沒有白活一生了。」

另一個立刻附議道：「莊主對蕭十一郎，的確已是仁至義盡……」

人活在世上，有得意的時候，當然也總有不如意的時候。

所以，人就發明了酒。

酒是人類的朋友，尤其失意的人。

失意的人喝酒，是爲了借酒澆愁。

得意的人也喝酒，是爲了表示人生得意須盡歡。

於是，賣酒的地方永遠不怕沒有主顧。

蕭十一郎雖然也喝酒，卻不是主顧。

因爲主顧都是花錢買酒喝，蕭十一郎卻沒有錢。

沒有錢，有願意請客的朋友也行。

蕭十一郎也沒有請客的朋友。

別說請客的朋友，連不請客的朋友也沒有。

既沒錢，又沒朋友，酒卻照喝不誤，而且，不喝到爛醉，絕不停止。

他已經不是喜愛酒的滋味，倒好像跟酒有仇，非把天下的酒全喝進肚子裡，就覺得心有不甘。

天下的酒豈是喝得完的？

因此，蕭十一郎日日都在醉鄉中。

附近數十里以內，只要是賣酒的地方，蕭十一郎都喝遍了。

每一處地方，他都只能喝一次，結果，不是被揍得鼻青臉腫，就是被人像提野狗似的摔了出來。

他非僅一文不名，而且身無長物，連最後一件破衣服都被酒店伙計剝下來過，幸虧那伙計嫌它又破又髒，皺了皺眉頭，又擲還給他。

蕭十一郎就穿著那件破衣失蹤了。

沒有人看見他再在賣酒的地方出現。

在人們心中，他已經是一個小小的泡沫，誰也不會去關心。

只有蕭十二郎在關心。

以前，只要賣酒的地方，就能找到蕭十一郎，現在連賣酒的地方也找不到他了。

蕭十二郎絕不相信他能離開酒，但搜遍大小酒樓酒舖，甚至釀酒的酒房，都沒有蕭十一郎的人影。

酒鬼離開酒，就像魚離開水，怎麼活下去呢？

蕭十二郎簡直不敢相信這會是事實。

就在這無所適從的時候，一連咒罵聲和喧嘩聲從「鴻賓酒樓」傳了出來。

「鴻賓酒樓」是當地最豪華的酒家，光顧的食客，都是地方上最有錢，最有名堂的仁紳富商，當然不可能這樣喧嘩，更不可能有咒罵的聲音。

酒樓門口圍著一大堆看熱鬧的人，正在議論紛紛。

兩個衣履整潔的伙計，架著一個酒氣醺天的醉漢由店中出來，然後，你一拳，我一腳，將那醉漢痛毆起來。

邊揍邊罵道：「他媽的，今天可叫老子們逮住了，你躲在窖子裡偷喝酒，卻害老子們替你背黑鍋，非揍死你這個王八蛋不可。」

有那好心的人勸道：「別打了，瞧他已經醉成這樣，也怪可憐的。」

伙計道：「可憐？誰可憐我們？這小子在店裡酒窖中躲了兩天，整整偷喝了四大缸酒，老鬧怪我們偷的，要扣工錢，這也罷了，這小子偏偏又在空罈子裡加水，害我們又挨客人責罵，險些連飯碗都砸了，是他存心不讓我們過日子，不揍他揍誰？」

醉漢兩隻手緊緊抱著頭，任憑打罵，也不開口。

人叢中有人大聲道：「好了，蕭大俠來了，請蕭大俠作主，該打該罰，說句公道話。」

鴻賓樓的伙計，沒有不認識蕭十二郎的，連忙陪笑道：「蕭大俠，您來得正好，就請您老評評理，這小子——」

蕭十二郎擺擺手，制止伙計再說下去，用兩個指頭，輕輕托起醉漢的下巴。

眼睛一亮，他怔住了。

蕭十一郎。

蕭十一郎抬起頭，忽然大笑，道：「兄弟，好兄弟，你來了，我真歡喜，快請我喝一杯去。」

蕭十二郎冷冷道：「誰是你的兄弟？」

「我姓蕭，你也姓蕭，我叫十一郎，你叫十二郎，你不是我的兄弟是什麼？」

蕭十二郎仍然冷冷的道：「你是你，我是我，用不著拉關係。」

蕭十一郎涎著臉，笑嘻嘻道：「就算不是兄弟，我們總算是朋友，對不對？」

蕭十二郎道：「我也不是你的朋友。」

蕭十一郎道：「好！好！好！不是朋友也不要緊，請我喝兩杯酒，這總可以吧？」

蕭十二郎搖搖頭，道：「我沒有請人喝酒的習慣。」

蕭十一郎道：「那你借給我錢，我自己去喝，好不好？」

蕭十二郎又搖搖頭，道：「我也不想借錢給酒鬼。」

蕭十一郎道：「只借十文錢，幫幫忙，明天就還你……」

蕭十二郎道：「一文也不借，我到這裡來，只是要給你另外一件東西。」

「哦？」蕭十一郎眼睛突然亮了，道：「什麼東西？」

「你自己看吧。」

布包解開，名聞天下的割鹿刀又到了蕭十一郎手裡。

寶刀無恙，刀光仍然皎潔如秋水。

蕭十一郎高高舉起割鹿刀，仰天大笑。

他轉動著醉眼，向四周緩緩掃過道：「你們看見了嗎？這就是世上最珍貴的割鹿刀，一柄價值連城的寶刀，你們聽說過沒有？」

誰沒聽過割鹿刀的名字，人們都用驚訝的眼光望著蕭十二郎，似乎在懷疑他爲什麼會把如此名貴的寶刀，交給一個醉鬼？

蕭十一郎又把刀鋒直逼到兩名伙計面前，道：「你們認認清楚，這柄刀能值不少錢吧？」

兩名伙計惶恐的看著蕭十二郎，連連點頭道：「是的！是很值錢的寶刀……」

蕭十一郎大笑著將刀擲在地上，道：「既然知道，就替我拿去押在櫃上，先換幾壺好酒來。」

兩名伙計遲疑不敢伸手，蕭十一郎又大聲道：「拿去呀，你蕭大爺的酒蟲已經快爬到喉嚨來了，還等什麼？」

蕭十二郎看到這裡，向伙計暗暗點了點頭，轉身走出了人叢。

誰能相信，一代大俠會落到這步田地？

蕭十一郎以前也曾毫不考慮就擲下割鹿刀，那是爲了要救風四娘的命。現在，他同樣毫不考慮就擲下了割鹿刀，卻只不過爲了換幾壺酒喝。名滿天下的蕭十一郎，這一次是真正完了。徹底的完了。

暴雨。

暴雨初晴。

蕭十一郎想從泥濘雨水中站起來，卻似已沒有站起來的力量和勇氣。

他站起來，又倒了下去，倒在一個年輕人的腳下。

一個和蕭十二郎同樣神氣，同樣驕傲的年輕人。

一個和他自己當年同樣神氣，同樣驕傲的年輕人。

他看到這年輕人，就好像看到他自己的影子。

可是現在，這影子已經消失了。

這年輕人也正在看著他，臉上帶著種很奇怪的表情，右手提著一缸酒，左手握著一把刀。割鹿刀。

蕭十一郎垂下頭。

他不敢面對這年輕人，也不敢面對這把刀。

他不敢面對現實，甚至不敢面對過去。

他只想盡量麻醉自己。

現在對他說來，這年輕人手裡的一缸酒，價值已遠遠超過了割鹿刀。

年輕人道：「你想喝酒？」

蕭十一郎很快就點了點頭。

年輕人道：「可惜這不是你的酒。」

蕭十一郎握緊雙手，用手背擦了擦乾裂的嘴唇，又想站起來，又倒了下去。

年輕人一直在盯著他，忽然揚起了手裡的刀，道：「你想不想要這把刀？」

蕭十一郎扭著頭。

年輕人道：「可惜這把刀也已不是你的了。」

蕭十一郎忍不住問道：「現在這已是你的刀？」

年輕人道：「你昨天用這柄刀換取了一醉，我今天用一笑換來了這把刀。」

蕭十一郎道：「一笑。」

年輕人露出了微笑，一種深沉的，銳利的，無法形容的微笑。

他微笑著道：「你知不知道，有人笑的時候，比不笑的時候更可怕？」

蕭十一郎當然知道。

年輕人道：「我就是笑面十七郎。」

蕭十一郎也笑了，道：「十七郎？」

十七郎點點頭。

蕭十一郎道：「你姓不姓蕭？」

十七郎沒有回答這句話，只是盯著蕭十一郎的眼睛。

過了很久，才一字字問道：「你真的就是蕭十一郎？」

蕭十一郎無法否認。

十七郎道：「你真的就是那力戰逍遙侯，火併天公子，以一把刀橫掃武林的蕭十一郎？」

蕭十一郎也無法否認。

十七郎又笑了，道：「聽說你的刀法天下無雙，你能不能讓我見識見識？」

蕭十一郎道：「見識？怎麼樣見識？」

十七郎道：「你還有手，這裡還有刀，只要你讓我見識見識你的刀法，不但這缸酒是你的，鴻賓酒樓裡的酒，你要拿多少，我就給你多少。」

蕭十一郎的雙手又握緊。

十七郎微笑道：「這是個好交易，我知道你一定會答應。」

蕭十一郎忽然大聲道：「不行。」

十七郎道：「不行？爲什麼不行？」

蕭十一郎道：「我不舞刀。」

十七郎道：「爲什麼不能？手還是你自己的手，刀也還是你自己的刀。」

蕭十一郎勉強掙扎著挺起了胸膛，道：「我的刀不是舞給別人看的。」

十七郎道：「你的刀是殺人的？」

蕭十一郎道：「是。」

十七郎大笑，就好像他一生中從來也沒有聽過這麼可笑的事。

蕭十一郎道：「殺人並不可笑。」

十七郎道：「你會殺人？」

蕭十一郎道：「嗯。」

十七郎道：「你還能殺人？」

蕭十一郎垂下頭，看著自己的手。

手上沒有血，只有泥濘。

十七郎道：「你還有手，這裡還有刀，只要你能用你的手抽出這把刀來殺了我，這缸酒也是你的。」

蕭十一郎大聲道：「我絕不會爲了一缸酒殺人。」

十七郎道：「你會爲了什麼殺人？」

蕭十一郎道：「我……」

十七郎忽然飛起一腳，踢起了一片泥濘，踢在蕭十一郎臉上，再用鞋底擦蕭十一郎的臉。

蕭十一郎全身都已僵硬。

十七郎道：「你會不會爲了這個緣故殺人？」

蕭十一郎忽然抬起頭，用一雙滿佈血絲的眼睛盯著他。

十七郎微笑道：「你不敢？」

蕭十一郎終於伸手要拔刀。

刀就在他面前。

可是，他的手卻好像永遠也無法觸及這把刀。

他的手在發抖。

他的手抖得就像是秋風中的落葉。

他的人，豈非也正如落葉般枯黃萎謝？

十七郎又笑了，大笑。

「我知道你並不是不敢殺人，只不過已不能殺人。」他大笑著道：「刀雖然還是昔日的割鹿刀，蕭十一郎卻已不是昔日的蕭十一郎了。」

酒樓上忽然有人在問：「蕭十一郎現在是什麼？」

十七郎用刀柄拍碎了酒罈上的封泥，將罈中的酒倒出來，倒在蕭十一郎的臉上。

這本是誰也無法忍受的屈辱，死也無法忍受的屈辱。

無論誰碰到這種事，都一定會忍不住挺胸而起，揮拳，拔刀，拚命。

蕭十一郎卻做了一件任何人都想不到的事情。

他張開了他的口。

他張開了他的口，並不是爲了要吶喊，也並不是爲了要怒吼。

他張開了他的口，只不過是爲了要去接流在他臉上的酒。

已有人開始忍不住天笑。

十七郎也在笑，大笑道：「你們自己看看他現在像什麼？」

這句話剛說完，忽然有一隻手伸過來，托住了他的肘。

他的人忽然像騰雲駕霧般托了起來，飛了出去。

他手上的刀，已經在這隻手裡。

這是誰的手？

是誰的手能有這麼神奇的力量？

連城璧。

俠義無雙的連城璧。

卅四　眞相大白

蕭十一郎抬起頭，就看見了連城璧的臉。

連城璧的臉上既沒有訕笑，也沒有憐憫，只有一種溫柔而偉大的了解與同情。

他用另一隻手扶起了蕭十一郎，道：「走，我們喝酒去。」

酒是什麼滋味？

只怕蕭十一郎自己也分不出酒是什麼滋味，他喝得太快，也喝得太多。

連城璧在看著他喝，看了很久，忽然道：「你的酒量好像又精進多了。」

蕭十一郎舉杯，飲盡。

連城璧道：「你一天要喝多少酒？」

蕭十一郎道：「愈多愈好。」

連城璧道：「三罈夠不夠？」

蕭十一郎道：「馬馬虎虎。」

連城璧道：「我們以前並不能算是朋友，可是以前的事都已過去了，現在……」他長長的嘆了口氣，道：「現在我本該多陪你兩天，卻非走不可，我只能留下一百罈酒給你，讓你盡一月之歡，一月之後，我再來看你。」

蕭十一郎立刻又舉杯，飲盡，忽然流下淚來，流在空了的酒杯裡。

有誰看過蕭十一郎流淚？

沒有人。

有誰能相信蕭十一郎會爲了區區一百罈酒而流淚？

沒有人。

蕭十一郎一向寧可流血，也不肯流淚。

可是現在，他眼淚真的流了下來。

連城璧看著淚珠流過他泥濘沒有完全洗淨的臉，又長長嘆了口氣，道：「你……」

蕭十一郎忽然打斷了他的話，道：「我們以前也許並不是朋友，但現在卻已是朋友。」

連城璧看著他，過了很久，才一字字問道：「我們現在真的已經是朋友？」

蕭十一郎在點頭。

連城璧道：「你流淚，是不是因爲感激我？」

蕭十一郎不能否認。

連城璧忽然笑了，笑得很奇怪。

他帶著笑，把割鹿刀送到蕭十一郎面前，道：「這是你的刀，現在還是你的。」

蕭十一郎垂下頭，凝視著古雅而陳舊的刀鞘，過了很久，才喃喃道：「刀還是同樣的刀，可是我呢？我已變成了什麼東西？」

連城璧凝視著他，過了很久，忽然道：「你知不知道你怎麼會變成這樣子？」

蕭十一郎點點頭，又搖搖頭。

連城璧道：「你不知道，一定不知道，因為……」

蕭十一郎道：「因為什麼？」

連城璧道：「因為真正知道這秘密的，天下只有一個人。」

蕭十一郎道：「誰？」

連城璧道：「一個你永遠想不到的人。」

蕭十一郎又問了一次：「誰？」

連城璧道：「我。」

這個字說出口，他的眼睛忽然變得銳如刀鋒，他的手距離蕭十一郎的脈門已不及五寸。

他已準備好來應付各種變化。

誰知蕭十一郎居然完全沒有反應。

連城璧道：「你變成這樣子，完全都是我害你。」

蕭十一郎還是完全沒有反應。

他的人似已完全麻木。

連城璧看著他，瞳孔一直在收縮，緩緩道：「你知道不知道誰才是真正的天宗主人？」

蕭十一郎眼睛裡空空洞洞的，茫然道：「你……」

連城璧道：「不錯，就是我，所有的一切計劃，都是我一個人想出來的。」

這句話本來應該像一根針，可是無論多麼尖銳的針，刺在蕭十一郎的身上，蕭十一郎也完

說到這裡，他蒼白的臉，已因激動而扭曲，眼睛裡也已露出了悲憤痛苦之色。

因爲他又想起了沈璧君。

他要奪回的，不僅是沈璧君的人，還要奪回沈璧君的心。

他一定會讓沈璧君也同樣對蕭十一郎感到絕望。

爲了達到目的，他已不惜一切犧牲。

他愛沈璧君，愛得太深，所以他恨蕭十一郎，也恨得同樣深。

只有因愛而生出的仇恨，才是最強烈，最可怕的。

蕭十一郎又開始在喝酒。

這麼多的酒，本來已足夠讓他完全麻木，可是現在，他眼睛裡還是露出了痛苦之色。

不但有痛苦，而且還有恐懼。

他恐懼的，也許並不是連城璧這個人，而是這種仇恨。

連城璧道：「我用盡了一切方法，先讓你的聲名，財富，地位，都達到巔峰，然後再讓你掉下來，利用你作工具，替我除去了那些叛徒，這兩點你現在一定已經想通了。」

蕭十一郎道：「我……」

連城璧道：「我本來還想要你到八仙船去，替我殺了最後那幾個叛徒，只有那一次的計劃，我沒有完全成功。」他笑了笑，接著道：「可是到了那時候，世上已沒有任何人，任何事能阻擋我，你就算不去，我也一樣可以自己動手。」

蕭十一郎道：「所以你故意讓我錯過了，因爲你覺得你自己動手更方便。」

連城璧道：「我的確喜歡自己動手，無論什麼事都是一樣。」

蕭十一郎道：「那瞎子也是你扮成的？」

連城璧道：「我要讓你有一種錯覺，認爲那瞎子就是逍遙侯，認爲逍遙侯還沒有死。」

蕭十一郎道：「爲什麼？」

連城璧道：「因爲我要把這所有的責任，都推到冰冰身上。」

蕭十一郎垂下頭，黯然道：「冰冰……冰冰……她真是個可怕的女孩子。」

連城璧道：「這一切計劃大功告成之後，冰冰和逍遙侯就可以真的死了，這世上也就不會再有人知道我的秘密，更不會有人懷疑到我就是天宗的主人，所以我還是跟以前一樣，是白璧無瑕，俠義無雙的連城璧。」

蕭十一郎已經醉了，已經醉得快要倒下去。

可是他卻還有一句話要問，非問不可。

他用盡全身所有的力量，支持住自己，大聲道：「你爲什麼要把這些事告訴我？」

連城璧道：「因爲我要讓你痛苦，我要讓你自己也覺得自己是個無可救藥的呆子。」

他臉上又露出那種溫柔文雅的微笑。

他微笑著站起來，扳了扳蕭十一郎的肩，道：「現在我要走了，那一百罈酒，我還留給你，可是你最好記住，那也許是你一生之中最後的歡樂，喝完了這一百罈酒之後，你怎麼還能活得下去？」

他沒有再等蕭十一郎回答，就走出了門，他走出門的時候，蕭十一郎已倒了下去。

無垢山莊巍峨如故，聳立在群山中，也聳立在世人心中。

連城璧邁著輕快的步子穿過花園，整個人都似有輕飄飄的感覺。

他從來沒有像現在這樣愉快過，不僅是爲了多年宿願一朝得償，更主要的是，他沒有用一分武力，不必憑藉武功劍術，就已將名滿天下的蕭十一郎徹底擊敗，而且敗得那樣慘，那樣可笑。

至少，他證明了一件事，擁有絕世武功並不一定就是強者，而高超的智慧，精密的算計，才是爭雄武林的真正本錢。

不是嗎？蕭十一郎何等英雄，現在卻變成了一條狗。

一條連窩都沒有的野狗，癲皮狗。

連城璧真想大笑，這勝利的果實雖然得來不易，但他畢竟還是得到了。

他默默進行著這個偉大的計劃，默默忍受著各種心靈肉體上最慘重的打擊——包括失去全部財產和最心愛的妻子，如今，一切又回到自己手中。

除了沈璧君。

他相信沈璧君業已投水而死，否則，她一定會重回自己懷抱。

死了沈璧君，卻毀了蕭十一郎，得失之間，仍然還是划算的。

天涯何處無芳草，世上盡多比沈璧君更好的女人，卻絕不可能再有第二個蕭十一郎。

大廳上寂靜，燈火通明。

那柄黃金鑄成的劍，仍在燈下閃閃發光。

連城璧的眼中也閃亮著異采。

從今後，無垢山莊將永遠成爲人們心目中「仁義」的象徵，連城璧三個字，也將永遠流傳不朽，成爲俠中之俠，英雄中的英雄。

誰也不會知道連城璧才是真正的天宗第二代，這秘密勢將隨蕭十一郎同化烏有，永遠沒有被揭穿的時候。

無垢山莊始終是白璧無瑕的，必然千秋萬世受後人的尊敬和景仰。

連城璧得意的笑了。

這一刹那，他才真正確定自己是獲勝者，多年來的忍耐和屈辱，終於得到了補償。

他突然有一種如釋重負的快感，不由自主，又撫摸著那柄金劍。

劍是冷的，他的心卻熱得可以煮熟一頭牛。

灼熱的手指觸摸著劍身，給他一種清涼的感覺。

他現在太興奮，他需要清涼使自己的情緒稍微平靜一些……

突然，他怔住了。

劍身上本來刻著四個字頌詞：「俠義無雙」。

現在，仍然是那四個相同的字。

只是字的順序有一部份顛倒，變成了「俠義雙無」。

頌詞下款，本來由當地父老聯合署名。

現在，仍然有敬獻的名字。

只是名字改變了，換成了：「大盜蕭十一郎敬獻。」

金劍還是原來那柄金劍，除了字跡改變，其他沒有絲毫異狀。

這表示劍上原有的字，是被人用「大力金剛手」類似的武功抹去，然後重新刻上現在的字句。

除了蕭十一郎，誰會做這種事？

除了蕭十一郎，誰有這份功力？

可是，蕭十一郎不是已經徹底毀了嗎？

難道這一切都只不過是個圈套？

連城璧突然覺得一顆心直往下沉，彷彿由春陽中一下跌進了冰窟裡。

一股莫可名狀的寒意，忽然從四周圍擁過來。

人和心全冷了，冷得可以凍死十頭牛。

金劍落在地上，發出刺耳的聲音。

連城璧深深吸了一口氣，再緩緩吐出，忽然大聲呼喚：「來人！」

人來了，立刻就來了。

連城璧的臉色已回復平靜，一字字道：「燃薰香、備蘭湯、設盛宴、傳鼓樂！」

薰香、蘭湯、盛宴、鼓樂，是不是真的能使人平靜？

一個人要付出多大的代價，才能使自己的情緒平靜？

連城璧把自己全身都浸在溫暖的浴水裡，但他還是覺得全身冰冷。

他從未真的被人擊倒過，他絕不是個輕易就被擊倒的人。

可是，現在他心裡就有了這種感覺。

他一生中最大的願望，就是徹底毀了蕭十一郎。

他要看著蕭十一郎的生命和靈魂，全都毀在他自己的手裡。

可是現在，他忽然發現，他唯一真正毀滅了的，只不過是他自己的願望而已。

他忽然發現自己很可笑。

他想笑，縱情大笑。

他真的笑了，大笑著站起來，赤裸裸的站起來，走出大廳。

大廳裡，彩燭高燒，樂聲悠揚。

他赤裸裸的，走向一對對迴旋曼舞的歌妓。

他一定要盡量放鬆自己。

有誰能？

《火併蕭十一郎》全書完

火併蕭十一郎（下）

作者：古龍
發行人：陳曉林
出版所：風雲時代出版股份有限公司
地址：10576台北市民生東路五段178號7樓之3
電話：(02) 2756-0949　　傳真：(02) 2765-3799
封面原圖：明人出警圖（原圖為國立故宮博物館典藏）
封面影像處理：風雲編輯小組
執行主編：劉宇青
業務總監：張瑋鳳
出版日期：古龍珍藏限量紀念版2024年7月
ISBN：978-626-7464-19-9

風雲書網：http://www.eastbooks.com.tw
官方部落格：http://eastbooks.pixnet.net/blog
Facebook：http://www.facebook.com/h7560949
E-mail：h7560949@ms15.hinet.net
劃撥帳號：12043291
戶名：風雲時代出版股份有限公司

風雲發行所：33373桃園市龜山區公西村2鄰復興街304巷96號
電話：(03) 318-1378　　傳真：(03) 318-1378
法律顧問：永然法律事務所 李永然律師
　　　　　北辰著作權事務所 蕭雄淋律師

行政院新聞局局版台業字第3595號 營利事業統一編號22759935

定價：340元　　版權所有　翻印必究

國家圖書館出版品預行編目資料

火併蕭十一郎／古龍 著.　-- 三版.--
臺北市：風雲時代出版股份有限公司, 2024.06
冊；公分.（蕭十一郎系列）古龍珍藏限量紀念版
　ISBN 978-626-7464-18-2（上冊：平裝）
　ISBN 978-626-7464-19-9（下冊；平裝）

857.9　　113006098